길 위의 남자

최광규 장편 자전소설

청어

길 위의 남자

최광규
장편 자전소설

작가의 말

이 소설은 내 나이 80을 맞아 쓴 자전적 에세이 『내 젊음의 길을 만들고 다리를 놓고』를 소설화한 것이다. 소설이지만 지명과 인명 등은 현실감을 위해 거의 그대로 살렸다.

나는 1941년 6월 충남 보령의 동대동 오랏마을에서 태어났다. 어릴 때부터 이웃에서는 애가 머리가 명석하다고 소문이 나 있었는데 7살 때 천자문을 다 배웠고 그게 기특해서 어머니가 떡을 해준 것이 생각난다. 국민학교 3학년 때 6·25 한국전쟁이 일어났고, 제일생명 회사에 다니던 1960년에 4·19 학생의거가 일어났으며 이어 한양공과대학 1학년을 다닐 때 5·16 군사혁명이 일어났다. 공무원으로 사무관 승진시험을 보던 1980년에는 5·18 광주민주화 운동으로 사회가 혼란스러운 때였다. 이렇게 내 삶의 굽이굽이마다 격동의 한국 현대사가 같이 휘몰아쳤다. 나는 1999년 6월, 32년간의 '길 위의 남자'로서 공무원 생활을 명예퇴임한 뒤에도 여러 도로 설계용역사에서 부회장이나 고문으로 활동했다.

　나의 인생은 길에서 시작하고 길에서 끝났다고 해도 과언이 아니다. 언제나 나는 일을 좋아하고 사람을 좋아했으며 모임을 좋아했다. 사람은 누구나 3분만 공기가 없어지면 모두 죽는데도 대부분의 사람들은 공기의 고마움을 인식하지 못하고 살아가듯이, 요즘 사람들 대부분은 늘 차를 몰고 다니면서도 고속도로나 도로의 고마움을 잘 인식하지 못한다.

　2년 6개월의 공사기간을 거쳐 70. 7. 7.에 준공된 경부고속도로 건설과정에서 무려 77명이나 귀한 생명이 목숨을 잃었고, 그 고속도로 건설에 투입된 사람들이 밤낮으로 얼마나 많은 땀을 흘렸으며, 누적된 피곤으로 인하여 건설 현장에서 걸어가면서도 꾸벅꾸벅 졸기도 했던 그 고속도로는 여러 사람들의 피와 땀, 생명으로 만들어낸 소중한 결과물이다.

　그 결과들을 담고 있는 내 자전에세이가 지인과 친구들에게만 무료로 배부되고 그들에게만 읽혀지는 것이 안타까웠다. 그래서 나는 더 많은 사람들이 고속도로를 비롯하여 도로에 대한 진정한 고마움과 그 편의성을 조금이라도 이해하고 알아주었으면 하는 마음으로 자전에세이를 장편으로 소설화했다. 여러 독자들이 가족과 함께 도로 위를 시원스럽게 달리면서 도로에 대한 많은 사랑과 관심을 가져주시기를 바라는 것이 저자의 소박한 바람이다.

2021년 초봄에
월암(月巖) 최광규

차례

나의 어린 시절(동대동 오랏마을)

　나를 잘 아는 친구들은 나를 보고 인성이 티 없이 맑은 순수미를 지니고 있다고들 한다. 또 행동에서는 범 같은 용기가 있고 판단력이 명석하였으며 매사에 끈질긴 노력과 불타는 열정으로 목표를 향하여 멈추지 않는 추진력이 강하다고 한다. 그래서 나를 알고 지내는 사람들은 자신의 일에 대한 상담을 자주 해오곤 했다.

　나는 늘 원칙을 지키고자 노력했고 불의를 보면 용서하지 않았으며 매사를 긍정적으로 생각했다. 직장에서 윗사람의 명령으로 어떤 목표를 설정할 때 일부 동료들은 안 되는 방향을 자꾸 제시하여 그 목표는 어렵다며 부정적인 면을 강조하는데 반해 나는 가급적이면 이루어지는 방향과 방법을 제시하고 목표가 달성될 수 있도록 가능성을 제시하는 등 긍정적인 내용을 말하곤 했다. 놀 때는 화끈했고 술을 살 때는 상대가 흡족하도록 베풀면서 기분 좋게 분위기를 이끌어갔다. 나를 대하는 사람은 처음에는 키가 작아서 얕잡아보다가 속된 말로 코가 깨지는 창피를 당하곤 했다. 나는 그렇게 차돌같이 단단한 사람이었다.

선린상고를 다닐 때 친구들과 함께 셋이서 대천 해수욕장에 놀러간 적이 있었다. 여름의 오후 해변에는 서울지역에서 온 유도부 20여 명이 합숙야영을 하면서 수영을 즐기고 있었다. 우리가 걸어가자 유도부 중의 한 학생이 이유도 없이 시비를 걸었다.

"야! 두 놈은 덩치가 큰데 그 중간에 걸어가는 놈은 왜 키가 작아?"

"왜 시비야?"

내가 한마디 하자 10여 명이 우리 셋을 둘러쌌다. 주먹으로 따지면 낭패를 볼 위험한 상황이었다. 그 순간 내가 입을 열었다.

"서울 유도부 야영훈련이라고 플래카드를 붙인 것을 보니 유도를 하는구만! 유도(柔道)의 유(柔)자의 뜻은 부드럽다는 뜻이고 도(道)는 마땅히 지켜야 할 도리의 뜻이 담겨있는 거야. 부드러움으로 도리를 지켜가는 아주 신사적 운동이 유도야! 아무런 이유도 없이 시비를 걸어오는 것은 유도(柔道)가 아니지. 그 신사도에 먹칠하지 말아라."

"……."

그들은 "자식"하며 멋쩍은 웃음과 함께 얼굴이 빨개져서 돌아갔다.

셋은 다시 바닷가를 걸었다.

많은 세월이 지나 사회생활을 하면서 친구들은 술자리에서 가끔 그때 대천바닷가의 이야기를 한다. '광규 이 친구는 사리에 밝은 말 한마디로 폭력의 위험을 막아낸 친구야!'라며 우리는 함께 웃곤 했다.

나는 1941년에 보령시 동대동 오랏마을에서 태어났다. 고향 오랏마을은 앞으로는 기름진 논들이 펼쳐져 있었고, 마을 입구에는 수백 년 된 느티나무가 여름철에 더위를 식혀주는 그늘이 되어주었다. 뒤쪽으로 평섭마을을 지나면 해발 660m의 명산 성주산이 자리를 잡고 있는 청정의 땅이자 인심 좋은 70여 호가 사는 시골이었다. 내 어린 시절은 가난했기에 아버지를 따라 성주산 자락으로 땔감나무를 하러 다녔다. 그때의 점심은 어머니가 싸준 누룽지 정도가 보통이었다. 아버지는 이른 봄에 맑은 산골 물 속에 있는 개구리 알(경칩)을 고추장에 섞어 안주로 막걸리를 마시면서 '좋다'라고 하셨다. 나는 서서 쳐다보기만 하고 차마 먹지는 못했다.

나는 마을에서 꽤 영특한 아이로 소문 나 있었다. 아버지는 한학을 하셨는데 그 덕에 나도 5살부터 아버지에게서 천자문을 배우고 한자를 썼으며 동몽선습(童蒙先習)을 배우며 초등학교에 입학을 했다. 물론 한글도 그때 깨우쳤다.

동대동 오랏마을은 마을 길이 진흙길이어서 사람들은 '마누라 없이는 살아도 고무장화 없이는 못 산다.'고 농담을 주고받던 때가 있었다. 마을에는 내가 중학교 2학년이 되었을 때 전기가 들어오는 천지개벽이 일어났다.

여름방학 때면 느티나무 그늘 아래에서 가마니를 깔고 숙제를 했고, 농네 아저씨들이 삼베를 삶아 말렸으며, 단오절이나 추석 때는 마을의 젊은 남녀들이 느티나무 가지에 그네를 매서 탔다. 또 동네 할머니가 촛불을 켜고 굿을 하며 소원을 빌었던 수백 년 된 그 느티나무가 마을이 개발되면서 없어졌다고 하여 나는 고향의 한 곳이 떨어져 나간 서운함도 느꼈다. 그러나 나를 포함한 마을 사람들은 문명의 발달을 생활 속에서 즐기게 되었고 그 현대문명 속으로 즐겁게 빠져 들어가고 있었다. 이제 동대동 오랏마을은 나에게 추억이 깃든 역사의 한 페이지를 장식하면서 고향의 그림자로 남아있다.

국민(초등)학교 5학년 때였다. 대부분의 교사들은 아이들을 두루 사랑하지만 간혹 편애를 하는 교사도 있다는 것을 어릴 때 느꼈다. 5학년 때 담임은 최병무 선생님이었다. 그는 대체로 아이들에게 무서운 존재였다. 말이 거의 없고 인상 자체가 싸늘했다. 그러나 유독 한 아이에게만은 살갑게 대했는데 그가 이한국이었다. 이한국의 부모는 최병무 선생과는 친하게 지냈으며 가끔 선물도 주었다. 한국이 엄마가 김장철인 가을에 큰 통에 멸치젓을 담아 선물했는데 그 소문이 아이들은 물론 학부모들에게도 퍼질 정도였다. 아이들은 '와이로(뇌물:わいろ)' 선생이라고 일본말로 자기들끼리 놀리곤 했다. 우리 부모님은 한 번도 학교를 찾아오지 않아서 담임선생님으로부터 내가 사랑을 받기는 어렵다는 것을 잘 알고 있었다.

그날은 최병무 선생이 아이들을 데리고 큰 은행나무를 학교 운동장 끝 쪽의 울타리가 있는 곳으로 옮기는 작업을 하고 있었다. 내가 삽을 들고 걸어가는데 옆에서 한국이가 삽을 들고 장난을 걸어왔다. 그러자 나도 그와 함께 삽으로 장난을 하다가 그만 한국이의 이마를 다치게 했다. 최선생은 화가 잔뜩 나서 나를 많이 때렸다. 장난은 똑같이 했는데 나만 호되게 꾸중을 하면서 때린 것이다.

선생님은 나에게 교무실로 들어가는 복도에 손을 들고 서 있으라며 벌을 내렸다. 벌을 받는 것까지는 좋은데 더 큰 문제가 그 다음에 생겼다. 선생님은 퇴근할 때까지 나에게 내린 벌을 생각도 하지 않고 그대로 퇴근해 버린 것이다. 참으로 교사 같지 않은 교사였다. 나는 속으로 벌을 서면서도 '나 혼자만 벌을 받는 것은 불공평해. 완전히 와이로 덕택에 한국이는 벌을 안 받은 것이야. 참, 장난은 한국이가 먼저 걸어왔는데…….' 생각할수록 억울했다.

날은 이미 어두워진 밤 8시였다. 그때까지 벌을 받고 있는네 숙식 선생이 순찰을 돌다가 손을 들고 서있는 나를 보고는 깜짝 놀라며 물었다.

"너 왜 이렇게 여기에 서 있냐?"

"……."

나는 자신에게 체벌을 한 후 무관심으로 퇴근을 해버린 담임선생에 대한 서운함으로 말없이 눈물만 흘리고 있었다. 순수한 마음으로 순종하는 자세가 눈물로 표현되고 있었다.

"너 왜 그러고 있냐고?" 숙직 선생님은 다시 물었다.

"담임선생님이 벌을 내려서 벌서고 있어요."

"됐다. 손 내리고 빨리 집에 가거라."

"내일 담임선생님한테 혼나요."

"괜찮아, 걱정 말고 가거라."

선생님은 내 팔을 주물러 주면서 '어린 애가 얼마나 팔이 아팠을까?'라고 혼자 중얼거리고 있었다. 나는 어두운 밤거리를 걸어 집으로 돌아갔다.

어머니가 나를 보고 "왜 늦었니?"라고 물었다.

"친구들과 놀다가 늦었어요."

나는 차마 벌 받은 이유를 다 말할 수 없어, 어머니가 속상할까봐 거짓말을 하고 늦은 저녁식사를 했다.

그 다음 날, 학교에 갔지만 최병무 담임선생님은 아무 말이 없었다. 아마도 숙직 교사가 나를 못 보았다면 나는 밤새도록 서 있어야 했고 다음날 교사들이 출근해서야 알게 될 상황이었는데 담임은 생각조차 하지 않고 있었던 것이었다. 어린 마음이지만 '담임선생님은 진정한 선생님이 아니라 봉급쟁이일 뿐이야.'라는 생각을 했다.

6학년이 되자 중학교에 갈 걱정을 했다. 지금처럼 중학교 무시험제가 실시되기 전까지는 중학교 입학도 시험을 봐야 했던 시기였다. 나는 중학교 입학시험 공부를 나름 열심히 했다. 하지만 주변 모든 중학교의 경쟁률이 심했기 때문에 은근히 걱정이 되었다. 담임인 신원희 선생님은 학생들을 가르치는 데에 열정적이었다. 밤 11시까지 교실에서 아무런 보수도 없이 야간 자율학습을 지도하거나 입시 문제를 다루어 주었다. 신원희 선생님은 참 교육자였다. 나는 그 덕분에 반에서 매달 치르는 시험성적에서 가끔 1등을 하곤 했다.

아이들이 야간 학습을 하고 있을 때면 부모님들이 도시락을 학교까지 가져와 아이들에게 먹이셨다. 나중에 안 사실이지만, 그날은 어머니가 집안 일로 바빠서 친구인 정영수 큰누나에게 내 도시락을 배달시켰다. 도시락을 열어보니 보기만 해도 침이 꼴깍 넘어갈 갈치구이가 들어 있었다. 하지만 나는 그 갈치구이를 먹을 수가 없었다. '영수 엄마가 영수 먹으라고 보냈구나! 참 맛있겠다.'라는 생각을 했다. 그러나 사실은 그 갈치구이는 우리 엄마가 나를 위해서 보낸 것인데 그 사실을 영수 누나가 말을 해주지 않아서 엉뚱하게도 영수가 다 먹었던 것이다. 귀한 갈치구이를 먹지 못해 서운했지만 나는 엄마의 깊은 사랑을 느낀 것만으로 만족을 해야 했다.

당시 보령군에는 대천중학교와 보령중학교 그리고 웅천중학교가 있었다. 나는 대천중학교로 가는 것이 목표였다. 신원희 선생님의 야간 학습지도 덕분에 많은 친구들과 함께 나는 대천중학교에 시험을 보았고 4등으로 합격을 했다.

입학 결과를 본 신원희 선생님은

"나는 네가 1등으로 합격하기를 바라고 있었는데……"

"……."

"어떻게 4등이냐?"

"……."

나는 말없이 선생님의 꾸중을 듣고만 있었다. 그러나 선생님의 나에 대한 사랑이 느껴졌기 때문에 전혀 서운하지 않았다.

중학교 2학년이 되었을 때, 나는 전학을 온 차광준과 친하게 지냈다. 그는 청주에서 중학교에 다니다가 부모님이 돌아가셔서 보령 성주 탄광에 다니는 큰 매형 집에서 살면서 대천중학교로 통학했다. 광준이가 학교 올 때는 가끔 탄을 실어 나르는 석탄트럭을 타고 왔기 때문에 코가 새까맣게 되어 있었다. 그는 내가 쳐다보면 하얀 이를 드러내 놓고 겸연쩍게 웃곤 했다. 그와는 고등학교가 달라서 중학교 졸업 후로는 서로 헤어졌지만 그는 60년대 중반 서독 탄광인부로 가서 간호사와 만나 결혼을 하였고 지금은 캐나다에서 살고 있다. 나는 중학교 졸업 때 전체 120여 명

중에서 아주 우수한 성적으로 졸업하여 우등상과 개근상을 동시에 받아 국어사전과 영한사전 2권을 부상(副賞)으로 받았다.

어려서부터 나는 음악을 무척 좋아했다. 초등학교 때는 선생님이 풍금을 치며 노래를 가르치면 그 시간에 배운 노래를 집에 가면서 혼자 부를 정도였다. 특히 6학년 때는 신원희 선생님이 '이순신 장군'이라는 노래를 가르쳤다.

"이 강산 침노하는 왜적 무리를 거북선 앞세우고 무찌르시어 이 겨레 구원하신 이순신장군…… 우리도 씩씩하게 자라납시다."

다음번 노래 시간이 되자 담임선생님은 한 사람씩 나와서 노래를 부르라고 했다. 어떤 애는 꾸물대며 못 불렀고 또 어떤 애는 비교적 잘 불러 90점대를 받기도 했다. 내 차례가 되자 나는 큰 소리로 노래를 불렀다. 선생님은 나에게 음정 박자가 다 맞는다며 100점을 주었다. 중학교 때도 나는 음악을 좋아했다. 비록 레슨을 못 받아서 잘 치지

는 못했지만 텅 빈 교실에서 혼자 남아서 피아노를 치면서
노래를 부르기도 했다.

　나는 지리과목도 무척 좋아했다. 선생님이 백지도에 그
리기 숙제를 내 주면 그걸 아주 즐겁게 그렸다. 백지도에
각국의 수도를 넣거나 강의 길이와 산 높이를 적으면 저절
로 공부가 되어 좋았다. 지리 선생님은 그런 나를 좋아했
고 칭찬을 아끼지 않았다.
　"광규가 선생님의 숙제를 항상 잘 해오는구나! 어떤 일이
든 성실성이 중요한데 너는 매사에 성실하게 행동을 하니
다음에 훌륭한 사람이 될 거야."
　"선생님! 고맙습니다."
　임영순 지리 선생님은 빙그레 웃으면서 나의 머리를 쓰
다듬어 주었다.

취업의 길을 향하여

중학교 3학년이 되자 고등학교 진학에 대해 많은 생각을 하게 되었다. 가난한 집안 사정을 생각하면서 진로를 정해야 했기 때문이었다. 돈이 들지 않는 사범학교를 가서 선생님이 돼야 하나? 학비가 들지 않는 특수고등학교를 가서 취업을 해야 하나? 아니면 공고나 상업학교를 가서 바로 취업을 할 것인가를 고민하고 있었다. 그 당시 나는 과외공부는 상상도 못했고 특별한 참고서나 입시용 문제집도 없었다. 나름대로 교과서만 잘 이용해 열심히 공부를 했다.

많은 고민 끝에 우리 집안 형편을 생각하여 부모님과 상의해서 학비가 없는 특수고등학교인 철도고등학교에 시험 봤는데 그만 성적 미달로 떨어졌다. 그래서 담임선생님과 상의하여 결정한 곳이 졸업 후 바로 회사에 취직할 수 있는 '선린상고'였다. 그래서 같은 반 정영수, 강신회 등 몇몇 친구들과 함께 선린상고 입학원서를 썼다.

생전 처음 서울역에서 내려 원효로에 있는 학교에 입학 원서를 제출하고 나오려는데 접수처 직원이 전화를 걸고 있었다. 그런데 전화기가 신기했다. 고향에서는 전화기를 손잡이를 돌려서 교환수를 통하여 전화를 걸었는데 서울에서는 전화통에 번호가 있어 그 번호를 돌려서 바로 거는 것이 무척 신기해 보였다.

'야! 서울은 전화기도 신기하구나!'라는 생각을 했다.

입학시험은 그런대로 잘 보았다. 하지만 사람의 앞일이란 예측할 수가 없기에 떨리는 마음으로 합격자 발표 날 학교를 갔다. 성적순으로 벽에 써 붙이고 발표를 한다고 해서 학교 벽에 붙인 내 이름을 찾았는데 아무리 보아도 480명의 합격자 명단에 '최광규'란 이름이 보이지 않았다. 내 몸이 깊은 낭떠러지 아래로 떨어지는 느낌이었다. 크게 낙심을 했다. 온몸의 모든 힘이 빠져나가는 기분이었다.

축 처진 어깨로 집에 와서 우울한 시간을 보내고 있다가 다시 마음을 가다듬은 후에 후기 학교인 선린상고 야간부의 원서를 쓰러 갔다.

담임 신재희 선생님은 "또 떨어졌냐?"며 화를 내시면서

써 주었다.

그리고 막 원서를 제출하려고 떠나려는데 같이 선린학교에 입학원서를 함께 낸 정영수 누나한테 전화가 왔다.

"광규야! 너랑 영수가 합격자 명단에 있더라. 그래서 축하전화를 걸었다."

"거짓말이죠?"

"아니야. 너는 앞에서 8번째로 합격을 했던데."

"네에?……."

합격자 명단을 볼 때 내가 실수를 한 것이었다.

나는 합격을 해도 뒤쪽에 겨우 합격을 할 것이라는 겸손한 생각으로 성적순으로 되어있는 합격자 명단의 뒤쪽만 보다가 내 이름이 안 보이자 떨어진 줄 알고 앞쪽은 보지도 않고 그냥 집에 왔던 것이다.

너무 기뻤다. '야호!' 나는 기쁨으로 펄쩍 뛰어오르면서 하늘을 향하여 크게 웃었다.

선린상고 입학 후에 나는 이모네 집에서 나보다 한 살 아래인 이모 아들 박영구와 한 방을 쓰면서 학교에 다녔다. 부모님은 농사를 짓고 있었기 때문에 돈이 없어 겨우 학비만 내 줄 정도였고, 이모 댁에는 매달 쌀 3말을 가져다주는 게 하숙비의 전부였다. 서대문구 영천동인 이모 집에서 원효로에 있는 학교까지는 광화문네거리까지 가서 전철을 두 번 갈아타야 했다. 나는 그 전철표 두 장을 아끼기 위해 열심히 걸어 다녔다. 너무 걸어서 운동화를 한 달에 한 켤레씩 새로 사야 했다. 어머니는 "야 운동화 값이 전철표 값보다 더 나가겠다. 전철 타고 다녀라."고 하셨지만 그래도 나는 계속 걸어 다녔다. 이모는 도시락 반찬으로 항상 단무지를 넣어주었는데 그 노란 물이 밥 전체로 번져 밥 색깔이 노랗게 되었지만 나는 늘 그런 밥을 먹으면서 참아내야 했다. 그 시절 기억 때문에 단무지에 물린 나는 커서도 단무지를 잘 먹지 않게 되었다.

다행히 나중에 내 사정을 알게 된 어머니가 어려운 살림 중이었지만 노량진역 철도 관사 근처에 전세 만 원짜리 조그만 방을 얻어주면서 25살의 부금 누나랑 함께 살도록 해주었다. 어머니는 시골에서 가끔 남매를 보기 위하여 서울로 올 때 많은 짐을 가지고 왔다. 장항선은 우리 고향 보령 대천역에서 기차를 타게 되면 천안역에서 한번 갈아타야 하기 때문에 어머니가 보통 서울로 올라올 때는 여섯 개 정도의 짐 보따리를 혼자서 옮겨 실어야 하는 힘든 고충이 있었다. 어머니는 짐을 옮기는 도중에 기차가 떠나려고 슬슬 움직이기 시작하면 마음이 급해 크게 소리를 질렀다.

"내 짐 어쩌나! 아저씨, 내 짐을 다 옮기면 떠나요."

그러면 마음씨 좋은 차장 아저씨가 달려와서 짐을 함께 옮겨주었다. 참으로 인심 좋은 세상이었고 여유가 있었던 시절이었다.

어머니가 노량진역에 있는 집 근처에 올 때는 열차가 비교적 천천히 달렸는데 그때 어머니는 짐 꾸러미들을 하나씩 떨어뜨려 놓았다. 나는 누나랑 리어카를 빌려 끌고 가서 그 짐을 찾아 집으로 함께 가져오곤 했다. 셋방에 와서 어머니가 가져온 짐을 풀 때가 나에게는 최고의 순간이었다. 짐 속에는 시골에서 가져온 야채, 감, 고구마 등등 먹을거리가 많아서 기분이 좋았기 때문이었다. 아름다운 낭만의 시절이었고 때 묻지 않았던 순수의 세월이었다. 그러다가 26살 된 누나가 결혼을 하게 되었고 나는 신혼 생활을 하는 누나랑 함께 살아야 했다. 그 당시 누나 신혼집이 있는 금호동에서 원효로에 있는 학교까지 버스를 여러 번 갈아타면서 다녔다.

고등학교 시절 방학이 되면 나는 고향으로 내려갔다. 고향에 가서 부모님에게 공부하는 이야기를 하며 자랑도 하고 친척들을 만나는 것이 무척 좋았다. 부모님의 정이 느껴져서 더 좋았다. 나는 어릴 때부터 항상 가족이나 친척들에게 인정받기를 좋아하는 마음이 한구석에 자리를 잡고 있었다. 순수하고 아름다운 고향 사람들과 자연 속의 그 모습이 언제나 좋았다. 또 시골에서 사는 친구들과 어울리면서 서울 생활을 자랑하기도 하고 동시에 여러 가지 시골의 음식을 마음껏 먹을 수 있었으며 여름에는 인근 대천해수욕장에서 수영이나 파도를 즐기는 것들도 참 좋았던 기억이 난다. 하지만 방학이 끝나고 다시 서울로 올라올 때는 어머니가 무척 서운해 하셨다. 어머니는 대천역까지 마중을 나와 서울로 떠나가는 내 손을 꼭 잡아 주셨다. 기차가 와서야 놓은 어머니의 그 손길이 서울에 가서 생활을 할 때도 오랫동안 마음속에 여운으로 남아 있었다. 동네로 시집을 가서 살고 있는 누나도 함께 역까지 따라 나와서 '공부 열심히 해. 이건 공책이나 연필 사서 쓰고……'라며 손 안에 꼭 쥐어주었다. 그 용돈이 너무 고마워서 나는 그 누나의 따뜻한 인정을 생각하며 학교에 가서 더 열심히 공부를 한 기억도 난다.

중학교 시절처럼 고등학교 시절에도 나는 여전히 지리를 좋아하여 백지도에 그려 넣는 숙제를 좋아했다. 한국과 세계의 도시나 산과 강을 그려 넣으면서 각국의 수도와 5대양 6대주로 자신이 그곳을 여행을 하고 있다는 기분을 느끼기도 했다. '훗날 나는 이런 지역으로 여행을 다녀야지.'라고 마음속으로 생각을 하곤 했다.

그리고 여전히 음악도 좋아하여 28인조의 선린상고 밴드부에 들어가 바리톤을 불었다. 방학 때는 온 팀원들이 합숙을 하면서 음악교사인 박주두 선생님의 지도로 특별 연습을 했다. 그래서 가을철에 재일교포 고교야구단의 시합이 있을 때 우리 밴드부는 선린상고 출신 한국일보 사장 장기영 씨의 부탁으로 서울 운동장에 가서 재일교포 고교 야구단을 응원하면서 아리랑과 응원가 등을 힘차게 신나게 불러 주었다. 그리고 점심 때 설렁탕을 대접받으면 그날 기분은 최고였다. 그런 일들은 아름다운 추억의 한 토막으로 자리 잡고 있다.

고등학교 시절 나는 음악은 물론 시도 좋아하여 소월의 시를 다 외웠고 만해 한용운의 시도 즐겨 읽었다. 그리고 마음이 즐거울 때나 울적할 때에 꾸준히 시를 쓰기도 했다. 또 밴드부 팀들은 가깝게 지냈던 형들이나 누나들의 결혼식에 가서 내가 지은 축시를 낭독해주거나 축가를 불러주기도 하고 밴드부들과 함께 음악을 연주해 주면서 칭찬도 많이 받았고 맛있는 음식도 잘 대접받았는데 그런 시절이 고교생활에서 잊을 수 없는 추억이었다.

  고등학교 3학년이 되었을 때는 대학진학 등 앞으로의 진로 문제가 발등의 불이었다. 나는 반드시 대학에 꼭 가고 싶은 생각은 많이 있었지만 그러나 집안의 경제적 사정을 생각하여 일단 취업을 해야 하겠다고 마음을 먹게 되었다. 선린상고 3학년은 진학반과 취업반으로 나뉘어 졌다. 나는 일단 취업반에 들어가 취직시험에 필요한 부기, 상업영어, 주판 등의 과목을 열심히 공부했고 취업반에서 가끔 당당하게 1위를 차지하기도 했다. 그러나 주판 실력은 뒤처졌는데 중학교에서부터 주판을 연습한 선린중학교 애들한테는 아주 못 미쳤다.

  졸업시즌이 되자 학교에서는 좋은 회사에 입사시험을 보도록 추천하기 시작했다. 나는 처음에 농협은행에 추천을 받아 응시했다. 농협에서는 응시생들에게 점심값으로 500원 신권을 한 장씩 봉투에 넣어주었다.(당시 500원 신권이 지금의 5만 원권 정도일 것으로 생각됨)
  함께 시험을 보러 간 친구들은 기분이 좋아 웃으면서
  "역시 은행은 최고다."

"그러게 말이야. 응시만 하는데 점심값으로 돈까지 주고 말이야."

모두들 기분이 좋았고 이 은행에 꼭 합격을 했으면 좋겠다는 생각을 했다.

그러나 기대와는 반대로 나는 다른 과목은 비교적 우수했으나 주판 과목에서 밀려서 농협은행에 불합격이 되었다. 아쉬웠다.

나는 다시 도전하기로 하고 담임선생님이 소개해 주는 제일생명(주)에 재응시를 했다. 제일생명 입사 시험장에는 선린상고, 서울상고, 덕수상고, 대구상고 등 전국 각지에서 모인 상업고등학교 출신들이 많이 몰려와 경쟁률이 심했다. 모두 6명을 뽑는다고 해서 정신을 바싹 차리고 시험을 보았다. 다행히 제일생명에서는 주판 실력은 크게 좌우되지 않았고 글쓰기나 부기실력이 합격을 좌우하는 곳이어서 그게 나에게는 다행이었다.

시험을 보고 나서 나는 어느 정도 합격을 자신하고 있었다. 부기과목도 그런 대로 치렀지만 평소에 시를 즐겨 읽었고 시를 짓는 습관이 있었던 영향으로 글쓰기에도 어느 정도 자신감을 갖게 되었기 때문이었다. 그리고 교육시간에 담임선생님은 "너희들 논술시험을 잘 보려면 신문 사설을 꼭 읽어라"고 강조해 주셨는데 시험 보러 가는 그날 아침에 보았던 신문에는 그 당시 한·일 관계가 뉴스의 초점이 되었던 때라 사설에 '유태하 공사와 한일 회담의 전망'이라는 기사가 실려 있어 자세하게 읽었다. 그런데 내 예감은 적중했다. 글쓰기의 주제가 한일 회담과 관련된 것이었기 때문이었다. 나는 아침에 읽은 신문 사설을 생각하며 내 실력껏, 정성껏 아름다운 글을 썼다. 합격자 발표 날이 되어 발표 장소에 갔을 때 나는 혹시나 하는 마음에서 긴장이 되어 마음이 떨렸다. 그러나 스스로 마음을 침착하게 다스리면서 명단을 자세히 보았다. 순간 내 이름을 발견하고 '됐구나!'라며 기분 좋게 외쳤다.

고등학교 졸업식이 몇 달 남았지만 제일생명보험(주) 회사에서는 새해 1월부터 출근 해주기를 바랐다. 나는 학교의 허락을 받고 회사에 첫 출근을 했다. 을지로 2가에 있던 회사의 정문을 들어서는 순간 '아! 이제 나는 취직이 되고 직장인이 되었구나!'라는 감격에 가슴이 벅차올랐다. 그날 신입사원들 모두 모여 사장님으로부터 4급 10호봉이라는 임명장을 받을 때는 마음이 뿌듯했다.

나는 오전에 근무를 하다가 화장실에 갔다. 당시 시골은 물론 학교도 화장실이 구식이어서 대부분 큰 통 위에 널빤지를 두 개 놓고 그 위에 다리를 벌리고 대·소변을 보았다. 그런데 내가 회사의 화장실에 들어갔을 때 그 화장실은 타원형의 하얀 사기제품 변기로 되어 있었다. 이상한 게 가운데에 물이 고여 있었다. 무슨 물일까? 나는 한참을 고민에 빠졌다. 그런데 자세히 보니 앉아 일을 보도록 되어 있었다. 일을 보고 옆을 살폈더니 엄지 손가락만한 손잡이가 있었다. 눌러보니 앉아있던 곳에 고여 있던 물이 '쏴아!'소리를 내면서 빠졌다. 나는 '이거 고장이 난 것 아냐?' 은근히 걱정을 하고 있었는데 물이 흘러나와서 다 내려간 물통을 다시 채웠다. 처음 사용해보는 수세식 변기통이어서 신기했다. 실제로 볼일을 보고 물을 내리니 기분이 좋았다. '아! 이것이 말로만 들었던 수세식화장실이구나'라는 생각을 했다. 나는 촌스럽게도 몇몇 친구들에게 수세식 화장실에 대하여 이야기를 해주었는데 모두들 내가 처음에 느꼈던 것처럼 신기해했다.

한 달 후에 첫 봉급을 탔다. 기본급은 당시 9급 공무원의 봉급보다 약 1,000원이나 많은 4,500원이었다. 첫 봉급을 타던 날 하늘을 날아갈 것 같은 기분이 들었다. 첫 봉급의 기념으로 나는 부모님 그리고 그동안 나에게 잘 해준 집안의 친척들과 가까운 친구들에게 마음의 선물을 했고 내 자신을 위해서도 썼다. 당시에는 한 벌에 3,000원이나 하던 마카오제 밤색 정장 양복을 맞춰 입었다. 마카오제 양복이라면 당시의 최고급 양복으로 주위에서 부러워하는 옷이었다.

전차를 탔는데 사람들이 힐끔힐끔 부러운 눈으로 내 옷입은 모습을 쳐다보는 것 같았다. 나는 새로 맞춰 입은 그 양복을 입고 일요일 고향에 내려갔다. 중학교 동창들을 여럿이 만났는데 모두 내가 입은 양복 정장을 만져보면서

"야! 넌 출세했구나!"

"그러게 말이야!"

"학교를 다닐 때 모범생활을 하더니 결국 빨리 성공을 했구나!"라는 말로 격려와 부러움을 나타냈다.

나는 그렇게 첫 취업의 길을 향하여 갔는데 일단은 그 목적지에 도착한 것이다.

군복무와 대학시절의 낭만

내가 첫 취직을 한 제일생명(주)의 회사생활은 취직한 지 5개월 만에 그 막을 내리고 말았다.

1960년 3월 15일 정·부통령 선거가 있었는데, 최인규 내무장관을 비롯한 일부 각료들이 부정선거를 조작했다. 부정선거로 당선된 이승만 대통령과 부통령 이기붕은 퇴진 하라는 시위가 전국적으로 일어났다. 정의를 부르짖는 젊 은 학생들을 주축으로 많은 교수와 역시 정의를 부르짖는 국민들의 동조로 일어난 역사적인 '4·19혁명'이었다. 국민 의 저항과 함께 거국적인 데모가 일어나자 이승만 대통령 은 1960년 4월 26일 하야 성명을 발표하고 하와이로 망명 을 떠났다. 그리고 그 이틀 후인 1960년 4월 28일 새벽 5 시 40분경 경무대에서 총소리가 들렸다. 이기붕의 장남인 이강석이 권총으로 자신의 아버지와 어머니 그리고 동생 을 차례차례로 쏜 다음 자신도 자살을 한 것이다. 이기붕이 죽은 후에 그 집 냉장고에서 수박 등이 나왔다는 등 서민과 동떨어진 생활상이 공개되면서 많은 국민들의 분노를 사기도 했다.

이승만 정권이 무너지자 경무대(지금의 청와대와 같음)의 비서로 일했던 박찬일 비서가 제일생명(주)의 실 소유주였는데 그가 비서에서 물러나면서 그 여파로 회사 소유주가 바뀌었다. 곧바로 사원들의 감축과 정리해고가 잇달아 일어났다. 당시는 노조가 없었던 시절이었다. 그래서 나는 해고당한 동료 회사원들과 함께 보건부장관에게 우리들의 처지를 글로 써서 진정서를 냈다. 글씨를 비교적 잘 썼던 내가 동료들을 대표하여 여러 겹의 묵지에 해고의 부당성을 써서 관계당국에도 우편으로 보냈지만 해고 철회는 이루어지지 않았다. 그렇지만 진정서의 내용을 알게 된 회사 측에서 해고자들에게 3개월 치의 봉급을 준다는 제안을 했다. 우리는 어쩔 수 없는 상황이라 그 제안을 받아들여 회사를 떠나게 되었다.

제일생명에 근무할 때 나는 보험료를 산정하는 수리부에서 근무했다. 그리고 그 업무를 하기 위해서는 앞으로 상업학교 취직반 때 배우지 못했던 수학 실력이 필요하다는 것을 알게 되었다. 마침 우리가 근무하던 수리부의 책임자였던 최지훈 차장은 수리부에 새로 입사한 신입사원들에게 업무와 관계가 있는 수학을 공부하도록 조언을 하였다. 나는 그런 최 차장님의 배려에 고마움을 느끼면서 신입사원들과 함께 성균관대학 수학과(야간부)에 입학하여 공부하기 시작했다. 그러나 불행하게도 회사를 그만두게 되자 성균관대 수학과도 1학기밖에 다니지 못하고 그만두었다.

하지만 나는 대학 공부를 포기할 수가 없었다. '앞으로는 기술이 있어야 취직도 잘되고 잘 살 수 있게 돼.'라는 막내 이모부의 권유도 있고 나도 어떻게라도 대학을 가야겠다고 마음을 먹었다. 그래서 내 실력에 맞는 후기 한양공과대학을 가기로 마음을 정했다. 그런데 한양공과대학의 어떤 학과를 선택해야 좋을지 한동안 고민할 수밖에 없었다. 나는 국민학교 때부터 지리와 토목에 관심이 많이 있었다. 그 취미가 그대로 살아있었고 중·고등학교를 다닐 때도 지리 과목을 무척 좋아하여 기술계 학과 중에서 지리과와 관련이 있는 도로, 측량, 항만 등을 가르친다는 토목공학과에 가기로 결정했다.

국민학교 5학년 때 매년 연례행사로 소풍을 갔던 때가 기억이 난다. 그때 보령 남포 간석지 제방 둑을 건설하는 현장을 보면서 선생님께 질문을 한 적이 있었다.

"선생님! 무슨 공부를 해야 저런 일을 할 수 있나요?"라고 여쭈었는데 내 질문에 담임 선생님은 기특해하는 목소리로 대답해 주셨다.

"최광규! 너 참으로 생각이 깊다야. 앞날의 직업을 미리 생각을 하고 있으니 말이다. 넌 꿈을 가지고 있구나! 참으로 기특하다."

"……."

그러시면서 선생님은 "저런 일을 하려면 먼저 대학을 가야 하는데 공과대학 토목과를 전공하여 공부를 해야 할 수 있단다."라고 말씀해 주셨다.

"알겠습니다."

그때부터 내 머릿속에는 공과대학에 가서 토목과를 다니고 싶은 꿈이 있었는지도 모른다. 그 꿈을 이루기 위하여 나는 1961년 한양대학교 토목과를 지원했다. 한양대 토목과에서는 정원 40명보다 두 배가 많은 90명을 A반과 B반으로 나눠 입학을 시켰다. A반은 각 학교장의 추천을 통하여 무시험으로 입학을 하는 학생들이었고, B반은 직접 시험을 보아서 입학을 하는 학생들이었다. 나는 시험에 응시를 하여 B반으로 합격을 했다. 그런데 1학년에 입학 후 수

강신청을 하려고 교양과목을 보니 고등학교 때 전혀 배우지 않았던 물리, 화학, 수학 등 모두 이과(理科) 쪽 과목들이었다. 하지만 할 수 없이 규정대로 신청을 하고 이겨내기로 결심했다.

그때 토목과 같은 반 친구인 서성식이라는 좋은 친구를 사귀었는데, 그는 인천 제물포고등학교를 우수한 성적으로 졸업을 한 친구였다. 그가 졸업을 한 제물포고등학교는 당시 소위 명문 고등학교로 불리면서 서울대학 등 좋은 대학에 많은 학생들이 합격을 했던 학교였다. 그런 좋은 학교를 졸업한 서성식은 나에게 친절하게 잘 해주었다. 그래서 수업이 있을 때마다 나는 성식이 곁에 앉아서 강의를 들으면서 잘 이해가 안 되는 부분을 물어보곤 했다. 그런데도 성식이는 조금도 싫은 내색을 하지 않고 설명을 잘 해주었다. 그래서 나는 성식이를 그림자처럼 따라다녔다.

초여름이 되자 어느덧 중간시험을 보게 되었다. 나는 시험 때문에 걱정이 많았지만 다행히 교수님들이 시험 범위를 알려주었다. 나는 그 시험 범위를 처음부터 끝까지 문제와 답을 아예 모조리 외워버렸다. 시험 당일은 역시 성식이 곁에 앉아 익혔던 대로 답안을 잘 썼다. 옆에서 성식이가 보더니 잘 했다는 표정으로 나를 쳐다보면서 씽끗 웃었다. 내 자신의 노력과 또 음으로 양으로 도와준 성식이 덕분에 나는 그 어렵고 생소한 물리, 수학, 화학 등의 과목에서 모두 A학점이라는 좋은 성적을 받았다.

그런데 공부를 하면서도 안타까운 일은 학비가 없어 1학년을 수료하고는 휴학을 할 수밖에 없었던 일이다. 나는 휴학을 했어도 특별히 할 일이 없어서 2학년에 등록한 것처럼 학교를 계속 다니면서 공부를 했다. 친구들은 내가 1년 뒤 복학하여 2학년을 다시 다닐 때 비로소 내가 휴학했었다는 것을 알게 되었다. 서류상으로 휴학이었지만 나는 실제로 강의실을 드나들면서 공부를 계속하였고 교수님들도 그런 나를 별로 뭐라고 하지 않았다. 그런데 청강을 하면서 서성식과 같이 제물포고등학교 출신이었지만 소위 땡땡이를 잘 치는 지광진이라는 친구가 있었다. 그래서 나는 청강을 하면서 지광진의 리포트를 대신 써주는 등 그를 많이 도와주었다. 지광진은 내 덕으로 A학점을 받았다며 자주 술도 사고 간식으로 우유와 빵을 사는 등 우리 셋은 따뜻한 우정을 나누면서 그렇게 지냈었다.

다음해 정식으로 복학을 하여 다시 등록을 하고 2학년으

로 학교에 다니게 되었는데 그동안 친했던 성식이는 3학년
이 되고 나는 2학년으로 복학을 하게 되니 그와 떨어져 배
우게 되어 매우 서운했다. 그래서 서성식보고 "성식아 우
리 학년은 달라졌지만 방과 후에라도 함께 모여 공부를 하
자."고 말하니 그도 "좋아"라고 대답하여 우리는 의기를
투합하였고 뜻을 함께하는 친구들끼리 동아리를 만들기로
했다.

　　동아리 명칭은 같은 멤버 친구 중 하나인 원우연이가 제
안을 했고 친구들이 협의를 거쳐 Pre-Stressed Concrete
Club의 약자를 따서 PSCC로 정했다. "Pre-Stressed
Concrete"라는 말은 당시 최신 콘크리트 공법이었기에 친
구들 모두 동아리 명칭을 마음에 들어 했다. 처음 시작한
PSCC 클럽은 성적이 좋은 학생들 중 한 학년 당 평균 10
~15명의 회원을 모아 그들이 주축이 되었다. 1963년부터
제1기로 시작하여 모임을 해 왔는데 1974년에 제13기로
막을 내려야 했다. 당시 군사정권에서 학생모임을 금지시
켰기 때문이었다.

　　PSCC의 모임에서 우리는 친목은 물론 많은 학문적인 대
화를 나누었다. 매일 학교 수강이 끝나면 선배들이 일하고

있는 현장을 찾아가 당시 우리나라 최초로 건설하는 김포공항도로 콘크리트 포장공사 현장에 견학을 가서 선배님들에게 공법에 관한 질문도 하면서 실력을 쌓아 갔다. 또 당시 독일에서 새로 공법을 도입하여 디비닥 공법으로 건설을 하고 있는 원효대교 공사 현장을 찾아가 견학하기도 했고, 현대건설이 짓고 있던 강화대교 건설 공사도 그 현장을 찾아가 내 나름대로 노트를 만들어 공부를 했다. 우리는 항상 토목공사에 대한 열의를 가지고 있었으며 대학 안에서는 물론 대학 밖에서도 공부를 게을리 하지 않았다.

그리고 특별히 우리 PSCC에서 활동했던 일 중에는 '창건(創建)'이라는 명칭으로 회지를 만들어 봤던 것이다. 우리 회원들이 직접 글을 쓰거나 외국 최신 토목기술을 번역을 하여 글을 올리고 기타 친구들의 이야기 등과 동료 및 선배들의 논문을 게재하여 많은 호평을 받았다. 그 회지라는 게 요즘처럼 책자가 아니고 당시에는 우리가 직접 가리방으로 글씨를 쓰고 등사기를 사용해 인쇄를 하여 만든 회지여서 초라해 보였지만 더욱 의미가 깊었다. 특히 친구들은 회지를 보면서 '광규! 너 이런 아이디어도 내고 다재다능하구나! 이런 회지라도 만들어 읽을 수 있는 게 모두 네 덕이야.'라고 격려를 해주었다.

또 1967년도에는 PSCC 4기와 5기의 회원들과 협력하여 소공동에 있는 문화공보부 공보전시관을 섭외하여 학생이라는 특혜로 전시실을 무료로 빌려서 '세계교량사진 전시회'를 열었다. 동아리 부원 중에 공보실에 다니는 친구가 있었는데, 그 친구의 소개로 외국의 최신 교량사진들을 구할 수 있었다. 우리는 밤을 새워 차트 글씨를 쓰고 사진을 벽에 붙이며 전시회를 준비했다. 개최하는 날에는 교수님들이랑 함께 오색테이프도 끊었다. 그렇게 3일 동안 전시회를 했고, 전시회를 본 학교 선배와 교수님들은 우리에 대한 칭찬을 아끼지 않으셨다.

그 후 PSCC 모임은 80년대가 되어 우리들 나이도 이제 40대 중년이 되고 생활도 안정이 되면서 각 회사에서도 중견으로 일을 할 때가 되니 여유가 생기고 다시 모임을 재건하기로 했다. 나와 함께 동아리를 했었고 건설부에 함께 근무를 하고 있던 정인성이가 주도하여 그가 회장이 되면서 재결성을 하게 되었다. 모임이 비교적 잘 운영 된 것은 지난날 친구들의 정이 그리웠기 때문이었던 것 같다. 우리들은 만나서 식사를 하며 직장생활에 관한 이야기, 어린 학교 시절 이야기 등 추억을 말했고 같이 골프도 쳤다. 또 나이가 들어가니 서로 간의 건강정보를 교환하면서 인생의 맛을 즐기면서 지냈다.

나는 대학 2학년 때, 경제적으로 어려워 휴학을 하게 되었다. 어머니는 서울의 영천시장에서 콩나물, 두부, 과일 등을 놓고 목판 장사를 하였는데 그 장사 돈으로는 2학년 등록을 하기가 무척 어려웠던 시절이었다. 등록을 포기하기로 한 지 며칠 후 친구들을 만났다. PSCC 동아리 친구들인 원우연을 비롯해 정인성 등 서너 명이 북아현동에 살고 있는 서성식이네 집에 모였다. 성식의 아버지는 대우가 좋은 대한전척회사에 다니고 있었다. 내 눈에는 부유하게 보이는 성식이네 집이 무척 부러웠다.

그 모임 자리에서 나는 친구들에게 쌓여 있는 내 고민들을 털어 놓았다. 장래 학교문제, 직장문제 등 마음이 제대로 정해지지 않아 갈등을 겪고 있을 때였다. 당장 직장을 구해야 하는가? 한양대 토목과를 그냥 다녀야 하는가? 그때 친구 중에 특히 원우연이 "광규야! 2학년만 다녀도 토목계통에는 취직 시험을 볼 수 있으니 일단 2학년에 복학을 하여 대학을 다니는 게 어때?"라며 권하는 것이다. 그래서 특별히 원우연 친구의 의견을 긍정적으로 한동안 검토를 한 후 나는 부모님에게 부탁을 드려 가까운 친척들에게 돈을 빌리는 등 어렵게 등록금을 마련해 토목과에 다시 등록을 했다. 내가 다시 대학 등록을 하고 다니자 구조역학 담당 서영갑 교수님은 나를 보더니 '넌 맨날 2학년만 다니느냐?'고 웃으면서 농담을 건넸다.

나는 그렇게 2학년에 복학을 해서 어려움 속에서도 공부를 열심히 하면서 2학년 1학기를 마쳤고 1963년 9월에 육군으로 입대했다. 입대 전에 어머니는 아들을 군에 보내기가 안쓰러워 웬만하면 보내지 않으려는 방향으로 알아보셨다. 그러나 나는 어머니의 그 마음을 거절하고 입대를 결정했다. 물론 나도 주변에서 군대에 가지 않을 수 있는 여러 가지 방법이 있다는 것은 이런 저런 말들을 들어서 알고 있었다. 오른손 검지를 절단하는 방법, 정신병자로 위장하는 방법, 시력을 조작하여 안 가는 방법, 신체검사를 조작하는 방법, 거액의 돈을 주고 피하는 방법 등에 대한 것들이었다. 하지만 나는 그렇게 할 만한 돈도 없지만 병신노릇까지 하면서 군대를 피하고 싶지 않아서 어머니를 좋은 말로 이해를 시켰다.

"어머니! 제가 군대를 가기 싫어하듯이 다른 사람들도 군대를 가기 싫어합니다. 하지만 저는 군대에 반드시 가야 합니다. 나 같은 놈 하나하나가 모여 수십만 명이 되고 그러면 군대 갈 사람이 하나도 없어요. 어머니! 담벼락에 있는 벽돌 하나를 빼면 구멍이 뚫립니다. 그렇게 빼다 보면 담벼락은 무너집니다. 국가도 마찬가지입니다. 내가 가지 않으면 다른 사람도 가지 않습니다. 이리저리 미꾸라지처럼 꾀병으로, 돈으로 군대를 안 가면 이 나라 안보는 누가 담당합니까? 군 복무는 국민의 당연한 의무입니다. 어머니! 저를 사랑하는 마음에서 그러하시겠지만 제가 가야 하는 군대이니 어머니는 서운해 하지 마십시오."

나의 말에 어머니는 이해를 한다는 듯이 조용히 웃기만 했다.

나는 왕십리역에서 출발하는 군용열차에 몸을 싣고 논산 훈련소 25연대에서 약 60여 일간의 훈련교육을 받았다. 이어 서울 한남동에 있는 1201 건설공병단 부대에 배치를 받았고 그 부대에서 1종계 보조업무를 보게 되었다. 본부 중대 장병들의 음식물 보급을 담당하는 임무였다.

내가 이등병 계급장을 달고 첫 외출을 허가받아 서대문 영천동 집에 오니 동네 아주머니 몇이 나에게 와서 입을 열었다.

"학생! 자네가 군부대 배정을 서울지역으로 잘 받은 것은 다 학생의 어머니 덕인 것을 알아야 해."

"학생이 군대를 간 그날부터 어머니가 매일같이 새벽 4시에 정화수(井華水: 새벽에 처음 길은 우물물)를 떠놓고 아들의 건강을 신령님께 빌고 빌었다오."

"어머니의 정성을 신령님이 받아주신 것이지."

나는 하늘보다 높고 바다보다 깊은 어머니의 자식 사랑 앞에서 콧등이 찡해지면서 얼굴이 붉어지더니 눈가에 눈물이 맺혔다.

그날 어머니는 큰 솥에 쌀밥을 많이 해서 나에게 먹도록 했다. 나는 그 많은 밥을 다 먹었다. 어머니의 사랑으로 지어진 밥이라는 생각 때문이었다. 해준 밥을 다 먹자 어머니는 "애 좀 봐! 그 밥을 다 먹네."라고 하시며 뿌듯한 미소로 나를 바라보셨다. 모정(母情)의 시간 속에서 나는 행복을 느꼈다. 내가 시간이 되어 다시 부대로 돌아갈 때 어머니는 골목을 지나 내 모습이 보이지 않을 때까지 대문 앞에서 손을 흔들며 "잘 근무하다 와."라고 소리를 지르고 있었다.

나는 부대에 돌아와서 어머니가 계신 쪽을 바라보았다.

그때 마음 속 저 깊은 곳에 마치 영화 배경 음악처럼 양승
본 시인의 「어머니」라는 시가 흘렀다.

어머니!
눈을 감아도 눈을 떠도
자식을 생각하는
그 마음을 갚을 길이 없어
목이 매어옵니다.

비가 오면 비에 젖을까
눈이 오면 춥지 않을까
때가 되면 잘 먹고 있을까
오직 자식 생각으로
그 정성이 땅 끝에서 하늘 끝까지
가득하옵니다.

어머니!
자식들이 먹을 때는
방금 먹었다면서
끼니를 물 한 모금으로 때운 후

자식을 향하여 행복한 미소를 지으셨던

그 가난한 시절을

못난 자식인들 어찌 잊겠습니까!

정화수(井華水) 떠놓고

자식들의 건강을 빌고 있을

어머니의 목소리가

새벽이면 들려와서

그 은혜 갚을 길 없는

이 자식은 눈물만 흘리옵니다.

    그렇게 부대에 돌아가 근무를 하면서 일병으로 승진을 했지만 여전히 1종계를 보았다. 취사병들에게 쌀과 보리를 계량하여 내주는 등 취사와 관계된 일이 많았다. 나는 모든 일을 선임병의 명령에 따라 처리를 했다.

    그런데 그 선임병장이 제대를 하면서 말했다.

    "앞으로 최 일병이 우리 부대의 1종계 업무는 책임을 지고 해야 돼. 곧 후임병이 오면 그때는 업무가 좀 줄어들 거야."

    "네. 알겠습니다."

    그는 친절하게 자신이 했던 업무를 나에게 잘 설명을 하고 인계를 해주었다.

덕분에 나는 일처리를 잘하여 선임하사나 중대장 그리고 부단장과 단장님에게서도 칭찬을 받았다.

특히 단장님이신 한 대령님은 "최 일병! 차돌같이 똑똑하구만."이라고 말을 하시면서 나의 어깨를 토닥거려 주었다.

그런 모습을 본 동료들은 "넌 대단한 친구야."라는 말을 하며 가끔 외출을 하게 되면 술과 음식을 사 주어 나에게 즐거운 군 생활의 추억을 선물해 주었다.

선임병이 제대를 하고 그해 가을에 나를 중심으로 한 1종계 취사반에서는 가을 김장 김치를 해야 했다. 그래서 통신실의 선임하사였던 편 중사의 인솔 하에 6명의 사병들은 덤프트럭 뒤쪽 탑재에 타고서 남한산성 쪽으로 배추와 무를 사러 갔다. 그런데 당시는 구불구불한 비포장도로였던 남한산성으로 가는 국도 3호선을 달리던 운전병이 서투른 운전으로 인하여 그만 트럭을 논두렁에 꼬라박았다. 잠시 후 우리들은 논두렁의 진흙탕 사이에 처박힌 트럭탑재 사이에서 꾸역꾸역 기어 나왔다. 그리고 나를 비롯한 사병들은 투철한 군인정신으로 모든 힘을 다하여 트럭을 다시 일으켜 세우고 또 있는 힘을 다하여 도로까지 올려놓았다. 나를 비롯한 서너 명의 사병들은 약간의 타박상을 입었으나 역시 군인정신으로 이겨내면서 업무를 진행했다. 물론 이 사고 상황을 상부에 보고를 하게 되면 선임하사 편 중사가 그 책임으로 인하여 문책을 당한다는 것을 알고 있었다. 그래서 모두들 입을 다물기로 약속을 했다. 다시 트럭이 움직였고 우리는 배추와 무를 사서 모두들 트럭에 싣고 부대로 돌아왔다.

그리고 다음 날 동네 아줌마들을 몇 사람을 사서 일당을 주고 배추를 다듬고 김장 속을 만들어서 큰 천막 통 속에 넣고는 새 장화를 신고 들어가 밟으면서 양념이 잘 섞이도록 하여 보관을 했다. 그런 뒤 얼마 후 김치를 먹게 되었는데 취사병들은 물론 식사하는 사병들은 '우리 부대 김치 최고야!'를 외치면서 식사할 때마다 그 맛을 즐겼다.

가끔 당직 사관도 1종계인 나를 불러서 "최 상병, 김치창고에서 배추김치 좀 갖다 줘."라고 말했다.

"네!"

뛰어가서 김치를 가져오면 "야! 최 상병 덕분에 맛있는 김치를 자주 먹게 되어 참 좋구나."하면서 당직 사관은 나를 바라보면서 빙그레 웃곤 했다.

1964년 가을이 중반에 접어들었을 때, 내가 생활을 하고 있는 내무반에서 새로 보급을 받은 사지 옷감으로 만들어진 새 정장 2벌이 없어진 피복 도둑사건이 발생했다. 그러자 선임하사인 신 상사는 내무반 전원을 집합해놓고 일렬로 세운 다음 단체 기합을 주었다. 석탄 난로에서 불쏘시개로 사용하는 철근이 있었다. 그 철근으로 된 즉 쇠막대기로 엎드려뻗치게 하고 심하게 때렸는데 옷에 피가 묻어나올 정도로 아픈 체벌이었다. 때리면서 그는 "빨리 나와라. 동료들까지 괴롭히지 말고……. 빨리 나오란 말이다."라고 소리를 쳤지만 아무도 나오지 않았다. 기합으로 자수하라고 다그치기를 계속하는 선임하사는 어느 정도 어떤 병사가 했는지 눈치는 채고 있었다. 그러나 확실한 증거가 없었기 때문에 계속 자수를 바라고 있었다. 나도 누가 가져갔는지 어느 정도 눈치를 채고 있었다. 나랑 계급이 같은 이 상병이었는데 평소에 외출을 나가면 술을 즐겨 마시는 그를 마음속으로 지목하고 있었다. 물론 확실한 증거가 없었고 설사 증거가 있다고 해도 동료를 고발할 수는 없었다.

그렇게 계속되는 기합을 받는 동안 나는 처음 당하는 일이라 고통이 심했고 무섭기까지 했다. 급기야는 '단체 체벌을 그만 받게 하려면 내가 누명을 써야 되겠다.'라는 생각까지 했다. 비록 내가 했다고 누명 자수를 한다고 해도 나의 동료들은 아무도 내가 했다고 믿지 않을 상황이었다. 그래도 나는 동료들의 고통을 기합으로부터 멈추어주기 위하여 결심을 한 다음 벌떡 일어나 "제가 그랬습니다."라고 말했다. 하지만 자수한 그 뒤가 문제였다. 선임하사는 이 상병을 의심했던 자신의 생각이 틀렸다는 것으로 알고 단체기합을 끝내자 나를 다그치기 시작을 했다.

"어디에다 팔았어?"

"……."

나는 기합을 면할 목적이었지 실제로 도둑질은 하지 않았기 때문에 그의 계속되는 추궁 앞에 난감했다. 그렇다고 꾸며 댈 수도 없었지만 나는 얼떨결에 "동대문시장 노점상에요."라고 말했다. 선임하사는 바로 나를 데리고 서울 동대문시장까지 가서 현장조사를 했는데 실제로 내용을 모르는 나로서는 답답할 노릇이었다. 그러자 선임하사는 나를 계속 구타했다. 나는 누명자수를 한 내 행동을 후회했지만 돌이킬 수는 없었다. 결국 어머니가 가끔 주었던 용돈을 책갈피에 숨겨 두었는데 나는 그 돈 2,300원을 사지옷 정장을 판매한 돈으로 인정되도록 선임하사에게 내 놓았다. 이로 인하여 나는 군 징계를 받았고 예하 부대인 305 부대로 전속 명령이 떨어졌다. 305부대는 여군사학교가 있던 한강이 내려다 보이는 보광동에 위치해 있었다. 그런데 내가 상급부대에서 갑자기 전출 왔다는 데에서 기존 부대원들과 약간의 질투적인 시비가 일어났다. 그 중의 하나가 같은 상병인 고규환과의 말다툼이었다. 그는 유난히 내가 상급부대 출신이라면서 속된 말로 나를 씹어댔다. 그러다가 드디어 우리 둘은 말다툼이 있었고 끝내는 주먹다짐까지 했다. 그리고 덩치가 큰 그의 주먹에 의하여 내 아랫니가 4개나 빠졌다. 그러자 고규환 상병은 무릎을 꿇고 싹싹 빌었는데 나는 차마 인정상 법적인 조치를 취할 수가 없었다. 그는 몹시 당황하였고 제대로 정신을 차리지 못했다. 그는 즉시 이태원동에 있는 방치과로 나를 데리고 갔고, 자기가 차고 있던 시계를 맡기고 치료를 해주었다. 나는 결국 4개의 의치로 군 생활을 해야 했고 평생을 그렇게 살아야 했다.

내가 병장으로 진급한 후에는 수색에 있는 30사단 공병대로 파견을 나갔었는데 가끔 외출을 나오려면 수색 4거리 헌병초소를 지나야 했다. 그때 헌병들은 검문을 하면서 외출증을 보여주면 이런저런 핑계를 대면서 빨리 내주지 않은 채 나를 비롯한 많은 사병들을 괴롭히곤 했다. 그래서 나는 외출 나올 때를 대비하여 내 몫의 담배를 모아두었다가 헌병 초소를 지날 때면 외출증과 함께 통과세로 담배를 주었다. 담배를 받은 그들은 '잘 다녀와.'라며 친절하게 외출증을 즉시 내주곤 했다.

그런데 하루는 외출대비용 담배를 준비하지 못한 적이 있었다. 친구 중에 골초가 있었는데 그가 내가 보관 중인 담배를 달라고 계속 졸라대기에 담배를 그에게 준 것이 문제였다. 그 친구는 내가 외출대비용으로 보관하던 담배를 자신이 피워서 미안했는지 국내에서는 보기 드문 색다른 볼펜을 나에게 주었다. 그 친구의 친구가 미군 부대에 근무를 했는데 외출 때 만나서 얻은 볼펜이라고 했다. 그 볼펜은 일반 볼펜보다 길이는 비슷했는데 둘레의 굵기가 조금 컸다. 볼펜의 둘레에는 외국인 모델로 활약하는 여자 셋의 사진이 들어있었다. 그 볼펜을 주머니에 꽂아놓으면 그 셋의 여자 사진은 그대로였다. 그러나 사용하기 위해서 볼펜을 약간만 움직여도 그 여자 사진은 바로 옷이 스르르 벗겨지면서 누드로 변했다. 재미있게 만들어진 볼펜이었다.

내가 망설이자 헌병 하나가
"너 윗주머니에 볼펜 꺼내봐."라고 말했다.
"……."
그 헌병은 "야! 이 볼펜 신기하다."라고 보고 있는데

"뭔데?"하며 동료 헌병도 덩달아 오더니 같이 볼펜을 구경을 했다.

그러자 볼펜을 처음 보았던 헌병이

"오늘은 이것으로 됐어."하면서 볼펜은 뺏고 나에게는 외출증을 돌려주었다.

결국 나는 그 볼펜을 통과세로 내주고 외출을 하게 된 셈이 되었다. 하지만 일주일 후 외출 때의 통과세가 걱정이 되었다. 할 수 없이 어머니에게 말을 해서 헌병에게 줄 용돈을 달라고 해서 외출을 다녀야 했다. 그렇게 계속 검문소를 통과하다보니 나중에는 초소 헌병들과도 친해져서 농담도 주고받으며 자연스럽게 초소 통과세는 없어지게 되고 외출증도 확인하지 않았다.

"어이! 최 병장 나왔어? 즐겁게 지내다 와!"라고 웃으면서 지내게 된 것이다.

사람이란 자주 만나면 인정이 생기게 되고 그 인정은 인간관계를 아름답게 하는 보약이라는 생각이 들었다.

외출을 나가면 나는 대학 친구인 서성식과 자주 어울렸다. 서성식은 당시 공군 중위로 근무를 하고 있었는데 만나면 그가 장교라서 봉급을 많이 탄다는 이유로 나에게 술도 사주고 밥도 사주었다. 대학 토목과에서 함께 공부를 하면서 도움을 많이 받았던 서성식이 군대 생활을 하면서도 내게 여전히 좋은 친구가 되어 준 것이다. 어떤 때는 둘이 경복궁에 가서 기념사진을 찍는 등 서울의 4대 고궁을 구경하면서 외출 생활의 즐거움을 함께 하기도 했다.

나는 30사단에 파견 근무할 1965년 당시에 대학생들의 한일 회담 반대 시위 광경을 보면서 지냈다. 또 박정희 대통령이 계엄령을 선포했을 때는 우리 소대도 경복궁 뒤쪽으로 파견을 나갔고 시내에서 벌어지는 시위대의 모습도 바라보면서 군 생활을 했다. 그렇게 30개월을 근무한 나는 제대 전에 일반하사로 진급을 하였고 뒤이어 1966년 3월 일반하사로 제대를 했다.

군대 제대 후 나는 몇 달 있다가 다시 한양대학교 토목과 2학년 2학기로 복학을 했다. 그리고 같은 군대 제대파 복학생 친구들과 어울려 지냈다. 1966년 여름방학 때였다. 나는 같은 복학생인 유명대와 조정수 등의 친구들과 강원도청 도로과로 현장실습을 갔다. 토목과의 측량학 교수인 이석찬 교수님은 한양대학교 우리 선배이면서 도로에 대한 관심이 많았고 여름방학 때만 되면 우리 토목학과 학생들이 현장실습을 할 수 있도록 자주 추천을 해주셨다. 우리

세 사람은 춘천에 있는 강원도청 근처 춘천여관에서 하루를 자고 다음 날 이석찬 교수님의 동기동창인 강원도 건설국장으로 계시는 이병칠 국장님께 인사를 하러 갔다.

그 분은 우리를 만나자마자

"이 교수에게 얘기 들었다. 너희들 동해안 쪽으로 가 놀다와."라고 말했다.

우리는 "네."라고 대답하고 강원도 속초로 가는 시외버스를 탔다. 이 국장님은 우리 셋을 당시 포장이 안 된 국도 7호선의 속초 쪽으로 보낸 것이었다. 그곳에서는 강원도청 도로과 소속 김 기사(8급)가 작은 교량 3곳을 혼자 감독을 하고 있었다.

현장사무소에 도착하여 우리는 김 기사의 지시에 따라 소교량 한 개씩을 맡아서 감독일지를 쓰고 측량도 해 주는 등 감독 보조 일을 했다. 소교량은 모두 속초 근처에 있었다. 나는 청초교, 조정수는 영랑교, 유명대는 청간교 감독 보조를 하기로 지정되었다. 저녁때가 되면 우리 셋은 속초 등대 아래 해변에 가서 수영도 하고 숙소인 동명여관에 모여 함께 떠들며 재미있게 보냈다. 그렇게 그해 8월 14일 광복절 전날까지 우리 셋은 약 1개월간의 현장실습을 잘마쳤다. 더구나 기분이 좋았던 일은 1인당 5,000원이란 꽤 많은 현장 실습비까지 받은 일이었다. 셋은 기분이 좋았다. 그래서 실습기념으로 "야! 우리 놀러가자."하고 동해안을 관광하기로 의견을 모았다.

우선 시외버스를 타고 양양 낙산사에 내려가서 구경을 하고 기념사진도 찍었다. 또 낙산 해수욕장에서 바라본 해안가 모래 위로 밀려오는 파도나 하늘을 나는 갈매기들의 비행이 낭만적으로 느껴졌고 그 감동을 사진으로 남기면서 기분 좋은 시간을 보냈다. 그때 마침 한양대학 야간대학에 다닌다는 여학생들도 구경을 왔기에 함께 어울리며 낙산 해수욕장에서 즐거운 한 때를 보냈다. 그러다 우리들은 그녀들과 헤어져 다시 물놀이를 하면서 놀다가 오후 5시경이 되자 배가 출출하여 속초로 가서 저녁을 먹자고 입을 모았다.

우리 셋은 길가의 구멍가게 앞에서 버스를 기다리고 있었는데 시골 아주머니가 방금 채취한 멍게와 해삼을 광주리에 한 가득 머리에 이고 속초시장으로 팔러가는 것이 보였다. 시골 아주머니는 브라자도 하지 않아 젖통을 내 놓은 채 바쁘게 가고 있었다. 배가 고팠던 세 사람은 그 아주머니의 광주리에 있는 해산물들을 흥정했다. 아주머니는 한 광주리 모두 3,000원을 달라고 했다. 우리는 값이 적당하다는 생각에 모두 사 먹기로 했다. 아주머니는 속초까지 해물을 팔러 갈 필요가 없어서 무척 좋아했다. 그리고 구멍가게 안에 들어가 우리가 찍어 먹을 수 있는 간장과 고추장을 계속 얻어다가 주었다.

나랑 친구들은 그 당시 강릉지역에서 유명한 경월소주를 마셨다. 경월소주는 소주 병 크기가 4홉들이 큰 병에 담긴 술이었다. 우리는 마시다 보니 그 큰 병을 무려 15병이나 마셨다. 그리고 그 해산물들을 모두 안주로 먹어 치웠다. 우리는 낙산 해수욕장 앞에 펼쳐진 바닷가를 바라보면서 소주잔을 기울이며 이런저런 즐거운 이야기를 했다.

술을 마시며 내가 한마디를 했다.

"낙산사에는 달이 네 개야."

"그게 무슨 말이야?"

"하나의 달은 하늘에 있고 또 하나의 달은 바다에 있으며 또 하나의 달은 우리들 술잔 속에 있고 나머지 하나의 달은 우리들 마음속에 있지."

"야! 광규야! 넌 진짜 시인답구나!"

"그래 네 말이 맞다. 광규 얘는 진짜 낭만적인 사나이야."

"자, 브라보우!"

셋은 잔을 부딪치면서 마셨다.

나와 친구들은 모두 술에 취했다. 그냥 취한 것이 아니라 곤드레 만드레가 되었다. 한 사람당 큰 병 소주를 다섯 병씩이나 마셔댔으니 머리가 엉망이 될 수밖에 없었다. 모두들 비틀거리며 혀가 꼬부라진 상태로 말을 했다. 하지만 일단 우리는 속초로 가야했기에 마침 택시 한 대가 와서 타려고 했다. 택시기사가 가만히 우리를 쳐다보더니 젊은 이 세 사람이 비틀거리면서 몸을 제대로 가누지 못하는 것을 보고 술이 너무 취한 것을 알고 승차거부를 하면서 그냥 가려고 했다. 그러자 술김에 친구 하나가 발길로 택시를 찼다. 성질이 난 택시 기사는 우리 일행을 태우고 속초 경찰서로 가서 신고를 했다. 세 사람은 취중에 아무것도 모르고 학생증을 빼앗긴 채 경찰서에서 풀려나와 비몽사몽 간에 숙박을 하고 있던 동명여관으로 돌아와 잠을 잤다.

　아침에 눈을 뜨고 일어나려니 천장이 빙빙 돌았다. 아직도 술이 덜 깬 상태였다. 그때 여관주인이 문을 열더니 말했다.

　"학생들! 속초경찰서에서 오라고 연락이 왔어요."

　"경찰서에서요?"

　"……."

여관주인은 알려줄 말만 하고는 말도 없이 가버렸다.

세 사람은 술에 취하여 까마득히 잊고 있었던 간밤의 일이 그때서야 생각이 났다. 우리 모두는 정신이 번쩍 들면서 술이 확 깼다. 우리들은 즉시 경찰서로 찾아가 담당 경찰관에게 무릎을 꿇고 빌었다. 동시에 택시 기사에게도 빌었다.

그때서야 경찰관은 우리들에게 학생증을 돌려주면서 주의를 주었다.

"너희들 학생이라 봐 주는 거야, 다음부터는 술 마시고 차를 발로 차면 안 돼."

"예……"

우리는 술기운으로 젊은 객기를 부리다가 자존심이 깎이고 속이 울렁거려 아침 해장국도 못 먹은 채 씁쓸하게 서울행 시외버스를 탔다. 6시간 정도를 달려야 서울에 갈 수 있는 버스 안에서 아침에 해장도 제대로 하지 못해 계속 속이 쓰렸다. 가면서 원통, 인제, 홍천, 용문 등 버스가 정차하는 정류장마다 다 내려 얼음에 채워 팔고 있는 박카스, 음료수 등을 사서 마시면서 아픈 속을 달래며 겨우 서울로 돌아왔다. 그날 이후 나는 멍게에 너무 질려서 한동안 멍게를 먹지 않았다. 대학의 낭만은 술에 취한 실수로 기억이 되는 추억의 한 장면이었다.

한양공대 토목과에서는 2학년과 3학년 때에 측량학을 가르쳤다. 측량학 담당교수인 이석찬 교수는 열강으로 입가에 거품이 날 정도로 열심히 강의를 하셨다. 또 측량실습도 철저하게 시켰다. 당시 왕십리에 있는 한양대학교는 지금과 달리 건물이 많지 않은 바위산에 위치하고 있어서 측량실습을 하기 안성맞춤이었다.

그렇게 공부를 하고 있었던 3학년 1학기 때인 1967년 6월경 서울시에서 토목기술지 공무원 시험이 있다는 정보를 알게 되었다. 기술직 공무원인데 학력은 관계가 없는 조건이었다. 나는 학비를 벌어야 하는 형편이어서 취직시험에 응시를 했는데 다행히 합격했고, 그 해 10월경 성북구청 건축과에 발령을 받았다. 조건부 지방토목기원보인 지금의 공무원 9급이었다. 제일생명(주)에 취직하여 5개월 만에 본의 아니게 그만둔 이후 이번에 두 번째로 서울시 성북구청에 취직을 하였고 이제 공무원 생활의 길로 들어선 것이었다.

나는 서대문 영천동에서 돈암동에 있는 성북구청까지 출근을 하고 다녔다. 일단 출근을 한 뒤에 외출부에 기록하여 과장님의 결재만 얻으면 외출을 할 수 있었다. 그래서 업무를 보다가도 학교 강의시간이 되면 나는 택시를 타고 학교에 가서 강의를 들었고 학교 수업이 끝나면 다시 귀청하여 업무를 보면서 직장과 학교를 동시에 다녔다. 그럴 수 있는 여건이어서 참 다행이었다.

이후 성북구청 건설과로 자리를 옮겨 약 1년간 다니다가 대학교 4학년을 끝마칠 때쯤 1968년 10월에는 건설부에서 경부고속도로 건설에 필요한 기술직을 340명이나 뽑게 되는 취직시험이 있었다. 나도 그 시험에 합격을 하여 그 해 12월부터는 건설부로 자리를 옮겨 본격적으로 길을 만드는 건설 공무원이 되었다.

드디어 경부고속도로 현장배치

경부고속도로 건설은 한국 토목 건설 역사상 최대의 규모였고 짧은 공사기간도 한국의 신기원을 이룩하는 사업이었다. 총 연장 428㎞의 고속도로라는 길을 만드는 대역사였지만 10년 이상 걸려야 하는 사업을 2년 반 만에 준공을 했고 공사 중 희생자가 77명이나 나왔던 이 건설공사는 단순한 공사라기보다는 전쟁과도 같은 싸움이었다.

'보다 빠르게, 보다 값싸게, 보다 튼튼하게'는 경부고속도로 건설의 3대 구호였다. 그러나 이 세 가지를 달성하기 위한 구호는 사실상 모순되는 구호였다. 왜냐하면 빠르게 하기 위해서는 공사의 질이 낮게 되고 값싸고 튼튼하게 지으려면 더 많은 비용을 들여야 하며, 튼튼하게 하려면 공사기간도 천천히 해야 하기 때문이었다. 하지만 경부고속도로 건설현장에서는 그 3대 구호대로 건설에 성공을 했으니 경부고속도로는 전 세계 건설사상 전무후무한 기적을 창조했다고 보아야 할 것이다.

그것은 지도자와 현장의 건설 일꾼들과 합작된 의지였고 사명감을 가지고 희생으로 이루어졌기 때문이었다. 경부고속도로 건설에 참여했던 공사 감독관, 시공회사 등 모든 관계자들은 마치 군인들이 전쟁에서 전투를 하는 것처럼 비장한 각오로 공사를 추진했다. 총 감독이라고 할 수 있는 박정희 대통령은 현역 공병군인들과 건설부 기술공무원들을 선발하여 합동으로 감독을 하도록 지시를 했다. 그러다 보니 공사 추진 방식도 군대식을 따르게 되었다. 또한 그러한 마음과 사명감으로 근무를 하지 않으면 안 되는 분위기였다. 나를 비롯한 건설에 참여한 사람들은 군인이 아니면서도 거의 군인정신에 가까운 마음과 태도로 긴장감 속에서 건설을 했다.

1968년 12월 1일부터 1970년 7월 7일 경부고속도로 준공 때까지 나는 공사감독으로 일을 했다. 당시 고속도로를 주관했던 건설부는 경부고속도로사무소를 설치하고, 전체 구간 중 1968년 2월경에 양재~수원 간을 먼저 착수했다. 그리고 나머지 부산까지 전 고속도로공사를 마치기 위해서는 더 많은 감독 인력이 필요했기 때문에 1968년 10월경 토목기술직 7급 340명을 채용한다고 공고를 냈다.

당시 나는 서울시 성북구청 건설과에서 9급으로 근무하고 있었지만 경부고속도로에서 뽑는 기술직 급수가 토목직 7급이란 매력에 빠져 응시를 하였는데 다행히 합격을 했다. 그리고 합격 후 두 달만인 1968년 12월 1일자로 합격자들 모두 고속도로 본부사무소로 발령을 받았다. 그리고 휘경동에 있는 건설공무원교육원에서 고속도로에 관한 기술 관련사항과 공사감독 요령에 관하여 2주 동안 교육을 받았다. 또 같은 건물 안에 있는 건설시험소에서 고속도로 공사에 필요한 현장 시험방법과 실습을 병행한 교육이었기 때문에 어느 정도의 기술을 습득할 수 있었다.

경부고속도로 본부사무소에서는 같은 해 12월 15일 교육을 마친 신규 임용자들 중 우선 천안, 대전, 영천, 언양 등에 있는 5개 공사사무소로 발령을 냈고, 다음해 1월 1일자로 나머지 인원들도 황간, 왜관에 있는 2개 공사사무소로 추가 발령을 냈다. 그때 나는 천안사무소로 발령을 받았는데 사무소 소장은 육군 중령 주낙영이었다. 천안사무소에서는 함께 내려간 우리를 각 분공구에 다시 배치를 하였고, 나는 입장에 사무소가 있는 오산~천안 간 5분공구에

최종적으로 배치가 되었다. 이때부터 나는 고속도로 건설 공사 현장에 '길 위의 남자'로서 열정의 인생을 바치기 시작한다.

　내가 감독으로 배정받은 오산~천안 간 공구는 총 연장이 39㎞였다. 이 구간 공사를 맡은 현대건설(주)에서는 공사 초기 때여서 작업로가 따로 없어 입체적인 현장관리가 어려운 형편이었다. 그런 애로점을 해결하기 위하여 공사 구간 중간 중간에 사잇길을 두고 공구를 모두 6~7㎞씩 6개의 분공구로 나누어 시공을 했다. 그러므로 감독체제도 시공사에 맞추어 분공구 별로 나누어 감독을 배치하여야 했다. 사무소장이 현역 중령인 만큼 전 구간 총감독은 임재규 소령이 맡았고, 분공구별로는 2개씩 묶어서 현역군인인 대위급이나 건설부 소속의 기사(6급)들이 맡았다. 내가 배치된 구간은 건설부에서 나온 오경섭(6급) 기사가 5, 6분공구 주감독을 맡고 있었고 공사구간은 입장천에서 천안 IC까지였는데 나는 동료 이동원과 함께 제5분공구로 발령을 받았고 공사구간은 입장 비상활주로구간이었다.

　현장에 배치되자 우리들은 바로 현장으로 떠나면서 간단한 세면도구 정도만 챙겨서 떠났다. 그때의 마음은 마치

훈련소에서 훈련을 마치고 예하부대로 배속되어 가는 기분이었다. 나는 이동원과 함께 현장 사무실로 찾아가서 현장숙소에 여장을 풀었다. 현장 사무소와 숙소는 합판으로 지은 임시 사무실이었다. 겨울철이라 사방에서 찬바람이 솔솔 들어와 무척 추웠다. 숙소 난방은 당시 어디서나 보편화 되어 있던 19공탄 연탄난로를 피웠다. 그리고 사무실은 모래판 위에 설치한 석유난로를 쓰고 있어서 그나마 관리하기가 좀 나은 편이었다. 또 사무실 집기는 철제 책상 몇 개와 합판으로 만든 설계도 걸이가 전부였다. 늘 현장에 나가서 감독을 해야 하는 업무 특성상 현장 사무실의 시설이 그리 중요하지는 않았다.

전화기 역시 군대 분위기가 물씬 나는 것이었다. 손잡이를 돌려서 신호를 보내야 하는 군용 전화기였는데 직렬로 연결하여 사용했다. 파견 후 3일째였다. 내가 천안공구사무소에 긴급히 업무사항을 통보해야 할 일이 있어서 전화기 손잡이를 마구 돌렸다. 그러면 전화기 구조상 1분공구에서 6분공구까지 일제히 신호가 갔다. 전화벨소리가 나면 각 공구마다 모두 수화기를 들어보고는 자기네 분공구의 전화 통보사항이 아니면 알아서 끊어주어야 했다. 그렇게 최종으로 남는 사람과 통화를 하는 것이었다. 우리들의 근무복장은 감독관 모두가 똑같은 작업복을 입었고 신발은 군화를 신었다. 그리고 건설이라는 무궁화 마크가 새겨진 건설모를 썼으며 왼팔에는 '감독'이란 완장을 찼다. 우리들은 앞으로 가야할 일에 대해 아무것도 몰랐지만 의지만은 꿋꿋하게 마음먹고 있었는데 영락없는 군인의 모습이었다.

내가 5분공구 현장에 배치되어 근무를 할 때는 현장의 작업 내용은 주로 토공 및 구조물 기초 작업이었다. 현장에 있는 흙들은 눈이 내리면 그 눈이 다 녹을 때까지 작업을 할 수 없게 되어 있었다. 공정이 급한 상황에 있었던 시공사 관계자들은 눈이 다 녹을 때까지 기다릴 수가 없었다. 그래서 눈이 내리는 날이면 공사감독은 물론 시공회사 직원들까지 총동원 되어 빗자루를 들고 작업 중인 도로면 위의 눈을 쓸어야 했다. 눈 하나를 쓸면서도 우리들은 '보다 빠르게'란 구호를 외치면서 열심히 일을 했다.

현장에서 결혼을 하고

때는 1969년 1월 13일이었다. 결혼을 앞둔 2일전이었다.
내가 모레 결혼을 한다고 인사를 다니자 그날 많은 직원들
이 커피를 마시면서 나보고 한 마디씩을 했다.

"넌 여기 현장에 온 지 한 달밖에 안 되었는데 어떻게 벌
써 성환 아가씨를 꼬셔 결혼까지 하는 것이야?"

"그러게 말이야."

"너 참 아가씨를 유혹하는 실력이 대단하네."

"공부만 잘하는 줄 알았는데 연애 실력도 대단해."

"원래 공부를 잘하는 사람이 연애 실력도 높은 거야."

"어떻든 부럽다 부러워."

"이번 주말에는 나도 수단 방법을 가리지 않고 아가씨를
꼬셔서 결혼을 해야지. 이거 총각 서러워서 안 되겠네."

"하하하."

동료들은 한 마디씩 하더니 모두 크게 웃었다.

그런데 처갓집은 공교롭게도 현장사무소에서 가까운 성

환이었다. 나는 현장으로 발령받아 오기 전 그해 5월에 이미 약혼을 했었고 또 그동안 장래 아내가 될 초옥과 데이트를 하려고 처갓집을 자주 간 것을 모르고 있었던 직원들은 내가 마치 현장에 부임해 와서 한 달 만에 이웃 동네 성환 아가씨를 꼬신 것으로 알고는 나를 부러움 반 질투 반으로 한마디씩 했던 것이다.

나는 아내랑 중매결혼을 한 셈인데 학교 친구의 소개 덕분이었다. 육군 공병으로 제대를 하고 한양대학교 토목과 2학년에 복학을 했던 나는 당시에 서대문 영천동에서 어머님과 함께 살고 있었다. 그때 그 이웃집에 살고 있던 한양대 2학년에 다니는 이은수라는 친구를 만나게 되었다. 이은수는 나보다 나이는 3살 아래였는데 나는 군대를 다녀왔고, 그는 아직 군대를 가지 않아서 한양대 토목과에 2학년을 함께 다녔다. 지금은 철거되었지만 당시 차장이 "땅, 땅, 땅"하고 경종을 울리고 다니던 전차도 함께 타며 아침에 왕십리 학교까지 같이 가고 집에 올 때도 같이 왔던 친한 친구였다. 또 가끔은 포장마차에서 소주를 마시면서 문학과 철학 등 인생을 논하고 술에 취하여 어깨동무를 하면서 거리를 걷기도 했다. 그 은수에게는 친형처럼 지내는 사촌형이 당시에 성환에 살고 있었다. 그 사촌형수의 아래

동생이 나의 아내가 된 박초옥이었던 것이다.

  은수는 사촌형수를 무척 좋아했다. 그래서 그가 가끔 본 형수 여동생도 좋은 사람일 것이라고 생각을 하고 나에게 박초옥을 소개를 했던 것이었다. 그때 나는 성북구청에 다니며 한양대 4학년에 다니고 있을 때였다.
  1968년 2월 어느 날 이은수가 나를 찾아왔다.
  "최 형! 나는 이번 봄에 군대에 입대해야 해."
  "……."
  "그래서 그 안에 내가 최 형에게 여자를 소개해 주고 100년 가약의 기틀을 만들어 주고 싶어."
  "……."
  나는 은수의 우정이 너무 고맙게 느껴져 무슨 말을 할지 몰라 입을 다물고 있는데 그가 다시 재촉을 했다.
  "마침 오늘이 일요일이니 함께 성환에 가요."
  그는 나를 재촉했다. 나는 은수의 성화가 싫지 않았다.

  기분이 좋은 나는 그와 함께 열차를 타고 성환으로 내려 갔다. 달리는 열차 창밖으로 보이는 산과 들판의 경치가 무척 아름답게 느껴졌다. 내 기분이 좋으니 주변의 자연도 더욱 아름답게 보였다. 인간은 누구나 마음의 눈에 따라 사물이 아름답게도 보이고 추하게도 보인다는 평범한 진리를 나는 차창 밖을 통하여 느끼고 있었다. 두 사람은 열차 안 이동주점에서 맥주랑 땅콩 안주를 사서 기분 좋게 마시면서 달렸다. 은수는 소개를 시켜줄 박초옥 양이 '복스럽게 생겼다'느니 '현모양처감'이니 '마음씨가 비단결 같다'느니 하면서 말했다.

"박초옥 양은 최 형에게 딱 어울리는 아내감이야. 아마 최 형도 보면 좋아할 여자야."

"하여튼 고맙네."

우리는 주로 소개받을 박초옥 양에 대한 이야기를 떠들어대면서 기분 좋게 맥주를 마시면서 갔다. 기차에서 내려서도 은수는 계속 박초옥에 대한 칭찬으로 대화를 이어갔다. 은수의 안내로 박초옥이란 처녀의 집을 향하는 나의 마음은 왠지 하늘을 날 것 같은 기분이었다. '은수 친구라면 꼭 내 마음에 들 처녀를 소개할 것이야.'라는 생각으로 함께 걷고 있었다. 친구의 우정이 아름답다는 생각을 하자 더욱 마음속으로 행복의 탑을 쌓아가고 있었다.

그렇게 얼마를 걸어 가다가

"저기 대문이 보이지? 바로 저 집이야."하고 은수가 말했다.

"……."

순간 나의 마음이 떨리고 얼굴이 뜨거워지기 시작했다. 대문을 들어서는 나의 마음은 더욱 떨렸다. 그 떨림이 한동안 마음속에서 잔잔한 파장을 일으키면서 기대감과 희망이 빛살처럼 자신의 몸을 비추고 있었다.

이미 연락이 된 터라 초옥의 식구들은 모두 집에서 두 사람이 오기를 기다리고 있었다. 앞으로 장인이 될 초옥 아버님은 부득이 할 일이 생겨 그날은 집에 안 계시고 장모님과 다른 식구들만 기다리고 계셨다.

은수는 "이 총각은 나의 친구이자 멋진 신랑감인 최광규입니다."라고 나를 소개 했다.

"최광규입니다."

나는 이름을 말하고 박초옥네 모든 식구들에게 90도로 허리를 굽혀 첫 인사를 했다. 아직 날씨는 약간 싸늘한 2월 초순이었지만 앞으로 아름다운 꽃이 피고 초록의 계절이 올 때를 맞을 하늘은 그날따라 유난히 맑았다. 그 하늘의 맑음처럼 나의 결혼 생활도 행복이란 열차를 타고 신나게 달리는 아름다움이 이어질 것이라 생각했다.

동네 사람들도 10여 명이 몰려와서 나를 보았다. 초옥의 어머니가 방안으로 나를 안내했다. 대청마루를 중심으로 안방과 건넌방이 있었는데 그 건넌방으로 들어가도록 했다. 닫힌 방 밖에서 동네 사람들의 중얼거리는 목소리들이 들렸다.

"신랑이 키는 작아도 또랑또랑하게 생겼네."

"그래요, 아주 야무지게 생겼더라고요."

"그래요? 난 이제 막 와서 자세히 못 보았네."

그 순간 나는 마당을 지나 대문 쪽이 있는 방향의 방문을 활짝 열면서 말했다.

"자, 마음껏 보세요."

"와! 성격이 시원시원하구만."

"그러게요."

웃음소리가 집안을 가득 채우고 있었다.

그때 박초옥 양이 한복 차림으로 방으로 들어왔다. 정식으로 서로가 서로의 모습을 본 것이었다. 그 순간 초옥도 '사람들 말처럼 사람이 다부지고 똑똑하게 생겼네.'라고 생각을 했다고 나중에 말해 주었다. 초옥은 그해 5월에 나와 약혼을 하던 날 나에게 말하기를 '당신 눈에서 빛을 발하는 그 눈빛이 마음에 들었어요.'라고 말을 한 것을 보면 과연 내 눈빛이 살아있었나 보다 하는 생각을 했다.

나는 초옥을 보는 순간 '아! 내 아내가 될 사람은 바로 이 여자야!'라고 마음속으로 생각을 하면서 '정숙' '순정' '포근함' '고운 심성' '현모양처'라는 단어를 떠올렸다. 그랬다. 나는 초옥에게서 순수미(純粹美)를 보았고 수줍음 속에서 막 꽃잎을 터트리려는 붉은 장미꽃 봉오리를 보았다. 결국 초옥네 집안이나 마을 사람들은 나를 합동으로 맞선을 본 셈이고, 나는 오직 나 혼자만 초옥의 맞선을 본 격이 되었다.

마음에 든 맞선이어서 그런지 집안의 분위기는 인생의 향기가 피어오르고 있었다. 나는 방 안에서 일어나 음식이 차려진 대청마루로 나오면서

"장모님! 식구들이 먼저 들어야 저도 따라 먹을 수 있죠."

"그러네. 사위님!"

나와 초옥의 어머니가 맞장구를 치는 소리에 주변의 사람들이 모두 큰소리로 웃음을 터트렸다.

결정적으로 맞선을 보러 와서 음식을 먹는다는 것은 결혼을 마음에 두고 있다는 뜻과 같은 것이었다. 초옥이가 마음에 들었던 나는 그날 기분 좋게 음식을 먹고 초옥네 식구들과 작별을 한 다음 서울로 올라가기 위해 은수와 성환역으로 향했다.

그런데 첫 대면은 그렇게 상쾌하게 치렀지만 그 뒤 나는

직장에서 폭주하는 업무 때문에 눈코 뜰 사이가 없었다. 그러다 보니 자연스럽게 한참 동안 박초옥과는 뜸하게 지내고 있었다. 그런 와중에 나를 중매를 한 이은수는 논산 훈련소에 입대를 했다. 은수는 그 바쁜 훈련 생활 속에서도 나와 초옥의 일에 신경을 쓰고 있었다. 그는 자기 어머니한테 편지를 써 보내면서 '어머니, 당사자들은 서로 마음에 들어 하는 것 같은데 어머니가 서둘러 광규네 부모님들을 성환에 다시 데리고 가서 소개를 해 줘요'라고 애원하였다 한다. 그러자 은수의 부탁을 받은 그의 어머니가 다시 방문날짜를 잡았다. 은수의 어머니는 일본에서 여고를 다녔던, 당시로는 신여성이었다. 그렇게 은수와 그 어머니의 주선으로 우리는 다시 성환에 가게 되었고 나도 이번에는 우리 부모님을 모시고 함께 갔다.

그렇게 하여 다시 성환을 방문한 날에는 양쪽 식구들이 모두 만났다. 우리 아버지와 장인이 될 초옥의 아버지 사이는 나이 차이가 많았다. 우리 아버지가 19살이나 위였던 것이다. 하지만 두 사람은 서로 인사를 나누고 보자마자 속된 말로 죽이 맞아 나이 차이가 없을 정도였다. 더구나 두 분 모두 술을 좋아하여 상호 간 수인사를 나누고 두 아버지들은 술을 마시기 시작했다. 다른 식구들도 함께 차린 음식을 먹으며 기분 좋은 이야기들이 오고 갔다. 술맛이 좋으셨나 보다. 두 분은 주거니 받거니 하다가 서로 기분 좋게 취했다. 그러다보니 자연스럽게 서로의 호칭이 처음에는 '광규의 아버지'와 '초옥의 아버지'에서 '사돈' 소리가 저절로 나왔다.

그때 "너희들도 서로 이야기들 해 봐"라고 하시는 초옥아버지의 말에 나는 "예" 대답을 하고 초옥 양을 데리고 성환 시내의 다방에 가서 커피를 시켜 놓고 이런저런 이야기를 했다.

나는 초옥 양과 이야기를 나누면서 우리 집안 이야기를 했다.

"우리 아버지가 상처(喪妻)를 하고 지금 우리 어머니와 재혼을 하여 나를 낳았죠. 그래서 내가 어릴 적에는 아버지의 전처를 큰어머니라고 불렀지요."

"……."

다방에서 초옥은 내 말을 듣기만 하고 있었다.

하지만 집에 가서 그녀의 어머니가 "너희들은 다방에서 무슨 이야기를 했니?"하고 물었을 때, 초옥은

"잘 모르겠어. 광규씨가 자기의 말로 하는 말이 자기 어머니가 작은 부인이라고 하던데요."라고 말을 했다.

초옥이는 나의 아버지가 이미 상처(喪妻)한 다음에 나의 어머니에게 장가를 들어 나를 낳았다는 말을 나를 첩의 자식으로 잘못 오해를 하여 말씀드린 것이었다.

그러자 초옥의 부모들은 초옥의 말을 듣고 나서 깜짝 놀라 서로들 말했다.

"여보! 첩의 자식은 곤란해요."

"저도 같은 생각이에요. 사윗감으로 괜찮은 사람 같은데 첩의 자식이라니 그건 곤란해요."

그렇게 되자 두 집안은 꽃피는 봄날에서 갑자기 눈보라가 몰아치는 한겨울로 변했다. 그래서 양 집안은 한동안 서로가 일체 연락을 하지 않고 지내게 되었다.

그때 적극적으로 나선 것은 주변에서 똑똑하다는 평을 듣고 있었던 당사자인 내 자신이었다. 나는 초옥이가 나의 말을 잘못 이해를 하여 나를 첩의 자식으로 오해하고 있는 점을 바르게 알려야겠다고 마음먹고 힘들여 박초옥 양에게 편지를 썼다.

초옥 양에게

안녕하신지요?

저 최광규입니다. 편지를 쓰려고 하니 허공에 초옥 양의 모습이 떠오릅니다. 호수 같은 잔잔한 눈동자! 미소를 지으면 눈보라도 녹일 수 있을 듯한 인정의 향기가 느껴지는 모습이 바로 눈앞에 보입니다.

초옥 양이 웃으면 저의 마음에는 사랑의 꽃이 핍니다.

초옥 양이 말을 하면 어느새 그 말은 사랑의 노래가 되어 저의 마음을 와락 사로잡습니다.

초옥 양! 우리의 만남은 우리 두 사람이 인생의 길을 함께 하라는 운명적인 것이었습니다. 이제 영화로 말하면 주연 격인 우리 두 사람은 같은 목적지를 향하여 함께 걸어가야 합니다.

저는 특별한 종교는 믿지 않지만 불교에서는 옷깃만 스쳐도 인연(因緣)이라고 합니다. 저는 그 말이 맞다고 생각을 합니다. 이 지구상에는 약 수십억 명이 삽니다. 그 수많은 인구 중에서 옷깃을 스친다는 것은 엄청난 사실이라는 생각을 합니다.

인연이란 각 면의 길이가 1000미터가 되는 정육면체의 바윗돌에 천의무봉(天衣無縫: 하늘의 직녀가 짜 입은 옷으로 솔기가 없고 완전무결해 흠이 없는 옷)의 옷을 입은 선녀가 일 년에 한 번씩 내려와 그 바윗돌을 치마 끝으로 스치고 올라가는 것을 반복해서 그 바윗돌이 모두 닳아 없어지는 세월을 말한답니다.

그 숙명적인 시간의 만남에서 우리는 서로와 서로를 마음속으로 간직하면서 걸어가야 합니다.

초옥 양! 사랑합니다.

추신(追伸) - 초옥 양! 저는 첩의 자식이 아니고 사별 후 재혼한 부부의 자식이라는 것을 확인시켜드리오니 이해를 바랍니다.

1968. 3. 20.
최광규 올림

필체가 좋은 나는 굳은 각오로 편지를 잘 써서 박초옥 양을 이해시키자 그때서야 모든 오해가 풀리고 이어 양가 합의를 거쳐 약혼이 급속히 진행이 되었다.

1968년 5월 23일 약혼 날이었다. 우리는 부모님과 대학친구였던 당시 공군장교였던 서성식과 ROTC를 제대한 친구 정인성, 정인동 등과 함께 성환 처갓집으로 내려갔다. 초옥은 수원여고 친구인 최영화, 김웅숙 등을 데리고 왔다. 그리고 양가 부모님들과 함께 성환의 처갓집에서 장만한 음식을 먹으면서 약혼식을 했다. 나는 초옥에게 약혼반지를 끼워주었다. '이제 이 여인이 나와 삶과 죽음을 함께할 사람이구나!'라는 생각을 하자 마음속에서 뜨거운 열애(熱愛)가 눈을 뜨고 있었다. 초옥이 고급시계를 내 손목에 채워줄 때 그녀의 손 떨림과 얼굴의 화끈거림이 그대로 느껴졌다.

참석한 사람들의 적극적인 요청으로 나는 노래 한 곡을 불렀는데 '행복의 샘터'라는 노래였다. 이양일이 작사와 작곡을 하고 이양일과 박은경이 함께 부른 가요였다. 가사 내용이 '심심산골의 꽃이 내 가슴을 태웠기에 사랑 찾아 여기 왔다.'는 것이어서 참석한 사람들은 내가 초옥이를 찾아왔다는 상징적으로 노래를 받아들였고 모두가 박수갈채를 보냈다. 그러자 신랑친구들이 '신부도 불러야 한다.'고 이구동성으로 떠드는 바람에 초옥이도 노래를 불렀다. 그녀가 부른 노래도 공교롭게 역시 이양일 작사와 작곡을 하고 이양일과 박은경이 함께 부른 '순애'라는 가요였다. 가사 내용은 '한 송이 백합을 그대에게 바치리.'로 시작된 것이어서 이곳저곳에서 '야! 서로 딱딱 잘 맞추어 가는구먼! 결혼하면 매일 밤마다 깨가 쏟아져서 고소한 냄새가 진동하겠네.'라고들 손뼉을 치면서 웃어댔다. 참으로 즐겁고 행복한 약혼식이었다.

나는 약혼식을 마치고 나서부터 성북구청에 다니랴 대학 4학년 학업을 수강하랴 무척 바쁜 나날을 보내고 있었다. 하지만 그 바쁜 중에서도 틈을 만들어 성환에 있는 처갓집을 자주 찾아갔다. 아직 결혼은 하지 않았지만 장차 아내가 될 박초옥 양을 서울로 올라오라고 하여 서울의 창경궁, 경복궁, 덕수궁, 비원, 인사동의 거리를 함께 걸으면서 서울구경을 시켜 주었고 함께 남산에 올라 서울의 경치를 보았으며 한강변을 거닐기도 했다. 또 아내가 다니던 수원여고 인근의 성곽과 팔달산을 오르면서 달콤한 데이트를 했다. 나는 초옥이와 데이트를 하면서 그 바쁜 시간을 틈내는 자신이 신기하기도 했다.

대학 1학년 때 교양담당 교수가 강의시간에 우리들에게 물어봤다. 그 당시 갓 입학한 학생들이 여자와 사귀는 등 소위 흔히 말하는 연애라는 것을 많이 하자 교수가 웃으면서 학생들에게 물었다. '공부 하랴, 보고서 쓰랴, 신입생 시절에는 바쁜데 어떻게 남녀가 데이트 시간을 갖나요?'라고 물었을 때 학생들이 대답했던 말이 생각났다.

"교수님! 데이트를 영순위로 하면 돼요."

나도 무척 바쁜 시간의 생활 속에서 초옥이를 만나는 자신이 그때 학생들의 대답처럼 바쁜 생활 속에서도 영순위로 두었기 때문이라는 것을 생각하자 저절로 웃음이 나왔다.

하여튼 약혼식을 하고 결혼식을 기다리면서 초옥이와의 사랑은 더 아름답게 무르익어 가고 있었다. 더구나 내가 1968년 12월 15일 처갓집이 있는 성환 근처의 천안공구사무소로 발령을 받았고 내가 근무하던 현장사무소가 입장에 있는 5분공구였으므로 나에게는 행운을 얻은 것이나 다름없었다. 처갓집이 근무지 가까이 있으니 나는 자주 성환 처갓집으로 외출을 할 수 있었는데 시간에 맞추어 초옥이도 대문 앞에서 나를 기다리다가 반갑게 맞이했다.

시간이 지날수록 서로 간의 사랑이 잘 익어갔고 초옥은 나의 마음을 더욱 강하게 사로잡았다. 얼굴도 예뻤지만 마음을 비롯한 모든 행동이 나의 마음에 들었다. 특히 미소를 짓는 모습이 무척 아름다웠다. 심지어는 그녀가 차려주는 음식도 이 세상에서 제일 맛있게 먹었던 것이다. 나는 초옥이가 너무 사랑스러워서 내 자신의 심정을 「내 아내는」이란 시로 썼다.

얼굴은 꽃이다.

아름다움에 향기가
은은하게 퍼지면서
늘 미소로 꽃을 피운다.

마음은 평안(平安)이다.

포근함과 인정이
융합된
평안으로 삶을 창조한다.

솜씨는 맛의 창조자이다.

모든 음식을 정성으로
보기 좋게 먹기 좋게
만들어내는
음식의 예술을 창조한다.

말씨는 정을 빚어낸다.

사랑의 감정을 끌어내고
베풀어 내면서 포근함으로
생활의 피곤을 풀어주는
위로의 정으로
보금자리를 마련한다.

눈동자에서 늘 빛이 나고
전체적으로 부드러운 분위기를
호수처럼 가꾸어 가는
가정의 정원사이다.

인생길에서
같은 방향을 향하여 가는
몸은 이체(異體)이면서
마음은 일심동체(一心同體)인
세상의 전부이고
길 위의 남자를
밤낮없이 열정으로 응원하는
응원 단장이다.

내 아내는…….

나는 그해 가을까지 그렇게 보내다가 경부고속도로 천안 공구로 발령을 받고 나서 한 달쯤 근무를 하던 시절에 결혼식을 하게 되었다. 겨울철에는 보통 결혼식을 하지 않았지만 어머니가 '음력으로라도 올해를 넘기면 안 좋단다.'는 말을 어디선가 들으시고 1969년 1월 15일을 결혼식 날로 잡았다. 결혼 당시 나의 나이는 29세(음력 28세)였고, 아내인 초옥의 나이는 24세(음력 23세)였다.

드디어 나는 몸과 마음이 예쁜 박초옥과 결혼식을 올리게 되었다. 장소는 서대문에 있는 우미예식장이었다. 양가 부모님과 하객, 친구들이 보는 가운데 성대한 결혼식을 했다. 주례님은 친구 서성식의 부친인 서한익 씨로 당시 건설회사인 대한전척(주) 상무였다. 내가 인사를 올리고 주례를 부탁을 드리자 만면에 웃음을 띠며 흔쾌히 허락을 했다. 주례님은 주례사에서 '부부는 두 바퀴로 굴러가는 수레바퀴처럼 몸은 둘이지만 마음은 하나로 합쳐서 앞으로 나가야 한다'며 간단하고도 설득력 있게 해 주셨고, 이 주례사는 우리 부부 마음속에 깊이 새겨졌다.

그 시절 결혼식 후 신혼여행은 대부분 제주도나 온양 등 국내로 가던 시절이었다. 나는 아내인 초옥과 의논을 하여 온양온천으로 가기로 했다. 그 당시만 해도 해외여행은 거의 없었고 제주도로 가는 게 최고였다. 그러나 나는 신혼여행 후에 고향인 보령에 내려가 친지 어른과 친척들에게 인사를 올려야 할 일도 있고 해서 겸사겸사 장항선에 있는 온양온천으로 신혼여행을 가자고 하였는데 아내도 기꺼이 따라주었다.

내가 "신혼여행을 제주도로 못 가서 미안해요. 나중에 시간이 나면 우리 세계 여행을 갑시다."라고 말하니

아내 박초옥도 "신혼여행 장소가 중요한가요? 나중에 돈 많이 벌어서 해외여행 가요."라며 흔쾌히 허락해 주었다.

나는 '길 위의 남자'로 일을 하면서도 가정을 이루어야 할 또 다른 남자이어야 했다. 그리고 아내와 더욱 다정해졌다는 느낌을 받았다. 역시 남녀 사이란 자주 만나고 대화를 하면서 식사도 함께 하며 시간을 보내면 더욱 가까워진다는 평범한 진리를 깨달았다.

그런데 신혼여행을 가면서 웃지 못 할 일이 생겼다. 예식을 마치고 우리 일행은 택시 3대를 빌려 앞 신혼부부 차에는 오색 테이프를 감고 당시 유행하던 드라이브 코스인 북악 스카이웨이를 달렸다. 그리고 팔각정 2층에 모여 신랑이 한 턱을 내야 한다며 맥주를 수십 병을 마시며 떠들었다. 이어 오

후 5시경 열차시간에 맞추어 서울역으로 다시 달렸고 서울
역에서 나는 친구들과 헤어져 열차에 올랐다. 그런데 내가
아내랑 타고 와 먼저 보낸 택시 트렁크에 실어 놨던 신혼여
행 가방을 그만 깜빡 하고 내린 사건이 발생했다.

"어떡하지?"하고 내가 걱정을 하니

"아, 걱정 마. 내가 뒤따라 왔는데 내가 그 택시 번호판
을 기억하고 있어."라는 서성식의 말에 모두가 마음을 놓
았다.

나는 또 한 번 성식이의 영리한 머리에 감동과 고마움을
느꼈다.

"그럼 가방을 찾아가지고 온양 관광호텔로 와 줘."

"알았어."

성식은 택시 안의 신혼가방을 찾으러 갔고 나는 아내랑
열차를 타고 그냥 출발했다.

그 뒤 밤 9시가 가까이 되어 서성식으로부터

"광규야! 네 가방을 찾았어."라는 전화가 왔다.

"어떻게 할까?"라는 성식이의 말에

나는 "미안하지만 가지고 온양 호텔까지 와 줘."

나의 부탁에 성식은 밤 11시가 다 되어 가방을 가지고 온
양 관광호텔로 잘 찾아 왔다. 그런데 호텔에 다른 방을 알
아보니 너무 늦어 다른 방이 없다고 했다.

나는 절친한 서성식에게 "너무 애써줘서 미안하고 고마워. 그런데 방이 없다고 하니 우리 방을 같이 쓰자."

"어떻게 신혼 방에서 함께 잘 수가 있냐?"라는 성식의 말에

"걱정 마. 다행히 아내랑은 이미 허니문 베이비를 만들어 놓은 상태니까……."라고 능청스럽게 이야기를 했다.

"……."

성식은 말없이 내 말에 따라 줬다. 다행히 우리가 사용하는 호텔방은 더블침대 한 개와 싱글 침대 한 개가 있어 잠자리는 안성맞춤이었다.

다음날 새벽이 되자 서성식은 쑥스러운지

"그만 일찍 서울로 올라갈게."

"아니야. 우린 얼마든지 시간이 있으니까 해장국이라도 먹고 나중에 가."라고 나는 말하였지만 성식이는 아침 일찍 호텔을 떠났다.

뒤를 이어 나는 아내 초옥이와 장항선을 타고 보령 대천 동대동 오랏마을 시골집으로 갔다. 이어 아내랑 함께 시골집에 가 보니 집안에 차일을 치고 동네 손님들을 초청하여 큰 잔치를 다시 열고 있었다.

"신랑 신부가 왔디아."

"어디! 어디!"하며 동네 아주머니들이 몰려 색시구경을 왔다.

"야⋯⋯. 광규보다 색시가 더 크다야."라며 충청도 보령 말씨로 떠들어 댔다.

우리 부부는 신랑 신부 구경을 온 동네 어른들의 웃음소리를 들으며 우선 부모님과 일가친척들에게 결혼 첫 인사를 올렸다.

성환 처갓집에서는 장인과 셋째 처남 경원이가 함께 왔다. 장인은 우리 시골집이 기와집이 아니고 초가집인 모습을 보고 '가난한 집안이구나!'라는 생각으로 뒤돌아서서 눈물을 흘렸다고 한다. 나중에 그 이야기를 듣고 '장인어른 걱정 마십시오. 저는 초옥이와 함께 부족하지 않게 살겠습니다.'라고 속으로 생각을 하면서 다짐을 했다. 2~3일 시골집에서 계속 잔치를 하면서 마을 사람들과 어울리고 지내다가 아내와 함께 서울로 올라왔다. 그리고 서대문 영천동 전셋집으로 올라와 아내를 어머님과 함께 살도록 혼자 놔두고 나는 바로 고속도로 건설사무소로 다시 내려가야 했다.

1969년 2월 초 천안공구 사무소에서는 천안~오산 간 5분공구 입장사무실에서 근무하던 나를 삼환기업이 시공을 하고 있었던 천안~목천 간 공구로 다시 배정해 주었다. 그곳은 박정희 대통령이 민간인 건설부 공무원들은 공정이 늦을 수도 있어서 마음이 놓이지 않는다면서 공병 군인들을 투입하였던 구간이다. 이곳 공구는 육사 21기 출신인 이성규 대위가 주감독으로 근무를 하고 있었다. 그리고 나보다 먼저 배치를 받은 박준규 기사가 토공과 구조물 등 두 가지 공종 모두를 보조감독으로 근무를 하고 있었다. 이곳은 시공사와 감독관이 보조가 잘 맞는 사람들이어서 공사의 공정과 품질 면에서 토공사업이 상당히 잘 추진이 되어 있는 상태였다.

내가 그곳으로 배치되자 주감독인 이성규 대위는 나를 구조물담당 보조감독으로 일을 할 수 있도록 조정 배치해 주었다. 그래서 나는 현장 공정 및 진척 내용을 파악하면서 삼환기업의 작업 팀들이 시공하는 3개소의 소교량과 암거 등을 공사감독하게 되었다. 그때는 시기가 동절기여서 콘크리트를 타설한 후 연탄불을 피워 보온을 해가면서 시공을 해야 했다. 그런 과정에서 어떤 때는 연탄불이 너무 세서 콘크리트가 급결하기도 했고 또 어떤 때는 연탄불이 꺼져서 콘크리트 표면이 동상을 입는 경우도 많았다.

구조물공사를 빨리 준공하기 위해서는 공사 중 행정절차인 설계변경이 겸하여 필요했는데 이때 나는 비로소 설계변경이라는 새로운 일을 알게 되었다. 나는 처음에는 설계변경이라는 개념을 몰랐다. 그래서 스스로 공부를 하고 직원들의 도움을 받아가면서 소교량(小橋梁)과 암거(暗渠)나 배수관(排水管) 등 변경된 수량과 내역을 파악한 다음 변경사항을 반영한 설계도서 및 내역서를 다시 작성하여 일단 천안공구사무소에 제출했다.

우선 현장에서 정확히 산출을 하여 작성한 설계내역서와 수량 및 단가산출서 등을 공구사무소에 제출하면 공무담당 직원과 공사과장의 책임 하에 일정 기준에 따라 다시 정밀검사를 받았다. 그런 다음에 그것을 서울 을지로3가에 있는 경부고속도로 본부사무소의 설계과에 제출을 한 뒤에 최종 승인이 나야만 설계변경이 완전하게 끝나는 것이어서 사실 설계변경은 그리 쉬운 일이 아니었다. 그렇기 때문에 나는 먼저 천안공구사무소에서 근무를 하는 김성남 과장의 심사를 받아야 했다. 김 과장님은 당시 유행하던 수동식 타이거(Tiger) 계산기를 돌려가면서 밤늦게까지 수량산출서와 구조계산서 및 단가산출서 등을 열심히 검토를 했고 틀린 것은 족집게처럼 찾아냈다. 나는 틀린 부분은 지적을 받으면서도 김성남 과장의 성실성에 감동을 받았고 더욱 열심히 하겠다는 다짐을 했다.

특히 김 과장은 그 복잡한 내역서를 주판으로 덧셈과 뺄셈을 하는데 손가락 하나로 어찌나 빠르게 계산을 하는지 나는 혀를 차면서 늘 놀라곤 했다. 나는 그가 대단한 실력자라는 것을 알았고 마침내 존경하는 마음이 들었다. 그런 실력 있는 과장 아래에서 일을 하는 우리 자신들이 공무원의 길에서 많은 도움이 되리라는 것을 느꼈다. 김 과장은 나는 물론 우리 동료들이 잘못을 하면 "요즈음 대학을 나온 놈들은 아는 것이 너무 없어. 실력들이 왜 그 모양인지?"라고 꾸중을 했지만 김 과장의 책임감 앞에서 혼나는 것이 조금도 싫지가 않았다. 김 과장처럼 성실성을 가진 진정한 공무원의 자질을 갖추고 싶었던 나는 그런 선배 공무원의 자세를 배우고 싶었다.

나는 거의 한 달 이상의 시간을 소모하며 구조물공사의 설계변경을 모두 끝냈다. 동시에 현장에서는 삼환구간의 토공 등 하부공사 작업도 거의 마무리가 되었을 때였다. 천안공구사무소에서는 토공과 구조물 등 이미 완료된 1차 공사 위에 2차 공사로 포장공사를 하기 위하여 토공

을 시공한 삼환기업과 포장공사를 하게 될 현대건설 간 인
계인수를 시키라는 지시가 떨어졌다. 그에 따라 나를 비롯
한 동료들은 건설사 간에 실시하는 현장 측량의 확인을 위
한 입회 등 인계인수 사항을 모두 마무리 시켰다. 그리고
다음 작업의 지시를 기다리는 동안 나를 비롯한 감독들과
회사직원들은 짧은 시간을 내어 주변의 관광지도 둘러보
는 즐거움을 가졌다. 당시 박 대통령의 지시로 조성 중이
던 아산 현충사를 준공 한 달 전에 미리 둘러보기도 했고
충북 보은에 있는 속리산 정2품 소나무를 비롯하여 법주사
대웅전을 참배하기도 했다.

  그런 현장 생활을 한동안 계속 하던 1969년 3월경 해빙
이 될 무렵 나는 천안시 목천면의 신계리에 있는 현장사무
소에서 그리 멀지않은 곳에 셋방을 얻어 아내와 신혼살림
을 시작하고 있었다. 신혼살림이라고 하지만 겨우 반상기
한 벌에 세숫대야 하나와 이불 한 채가 전부였다. 그래서
이사를 할 때에도 찝(Jeep)차 한 대면 이사가 충분했다.
  그때 함께 근무하고 있던 박준규 기사는 나보다 나이는
한 살 위였고 그도 약혼 중이라고 하였는데 우리 옆집에서
자취방을 하나 얻어 혼자 살고 있었다.
  박 기사는 내가 아내와 마주 앉아서 아침 식사를 하면 출

근길에 담장 너머로 바라보고는 매우 부러워하는 말로

"최 기사! 뭐해? 빨리 나와!"

일부러 한마디씩 하곤 했다. 정감을 담은 동료의 말이었다.

나는 친구의 부러움을 받는 내 자신이 아내 덕분에 행복하다는 생각을 하고 있었다. 동시에 그의 그 말 속에는 '나도 빨리 장가를 들어 최 기사처럼 알콩달콩 신혼살림을 해야지'하는 마음이 담겨 있다는 것도 잘 알고 있었다.

초봄 보리가 한참 자라는 4월, 나는 현장 일을 하다가도 점심 때면 잠시 집에 와서 식사를 하고 또 짬을 내어 아내랑 보리밭 사잇길을 함께 걸으면서 풀피리를 만들어 불기도 하며 재미있는 시간도 보냈다. 그동안 아내랑 남들처럼 제대로 연애도 한 번 못 해 보고 서울과 수원 등 가까운 관광지 이외에는 여행도 못한 채 결혼을 해서 더욱 애틋했는지도 모른다. 나는 늘 그런 아내가 마음에 걸렸다. 더구나 결혼을 하고 나서도 아내는 얼마 동안이었지만 시부모 밑에서 마음을 졸이고 산 경험이 있어서 그랬는지 순수하고 소박한 성격이어서 그런 어린이 같은 자유스러운 놀이를 하며 즐거워했다. 그렇게 신혼재미를 보고 있던 그 때 아내는 이미 첫 애 허니문베이비가 뱃속에서 자라고 있어서 입덧이 심했다. 어떤 때는 아내가 전혀 음식을 먹지 못했다. 나는 그 모습이 너무 안타까웠다. 심지어는 '저러다가 아내가 죽으면 어쩌지.'하는 걱정이 들었다.

경부고속도로공사 진척에 따라 나도 현장 신혼 살림집 위치를 옮겨 다녀야 했다. 처음에는 천안시 목천면 신계리 단칸방에서 이어 평택 원곡 방앗간 집 사랑방으로, 다시 천안 입장 등지로 셋방을 옮겨 다녔다. 그런 중에도 아내는 입덧을 하면서도 시골 방앗간에서 금방 짠 참기름에 고추장을 넣고 밥을 비벼 먹으면 속이 편하다고 하여 나도 그렇게 자주 하라고 하며 기분이 좋았다. 가난한 생활 속에서도 부부의 사랑은 언제나 꽃향기가 피어나고 있었다. 돌아보면 나의 거친 '길 위의 남자'인 그 인생에서 아내마저 없었다면 정말 재미없고 무미건조한 생활을 했겠다는 생각을 자주 했다.

보다 빠르게, 보다 값싸게, 보다 튼튼하게

앞서 말했듯이 경부고속도로의 건설 목표는 '보다 빠르게, 보다 값싸게, 보다 튼튼하게'란 3대 구호에 담겨 있었다. 나를 비롯한 모든 건설의 일꾼들은 보다 빠르게란 목표를 달성하기 위하여 어떤 때는 각 단계별 공정을 맡은 감독들과 다툼이 잦았다. 즉 보조기층 감독들과 기층 감독들, 또 어떤 때는 표층 감독들과 공정부진 문제를 가지고 감독관들끼리 서로 멱살을 잡고 내가 옳고 네가 틀렸다면서 싸우는 경우도 발생했다. 또 시공회사의 소장들이나 그리고 기사들도 공사추진 문제로 자주 싸웠다. 시공회사도 아닌 감독관끼리 서로 공정부진 문제로 싸웠다는 것은 모두가 국가를 위한 애국충정에서 나오는 열정의 한 면이었다. 보편적인 상식을 뛰어넘는 '보다 3대 구호'를 실천해야 하는 사명감에서 나오는 열정의 싸움이기도 했다.

특히 공정이 바빠지면서 시공회사의 부실 공사가 많아지는 경우에는 나는 더욱 철저하게 감독을 하며 부실방지에 신경을 썼다. 내 생각에 시공회사 현장 소장들은 나름대로 열심히 노력을 하긴 했지만 그 밑에서 일을 하는 일부 하도급업자들은 품질관리가 무엇인지 모르는 사람들도 있어 무조건 빨리만 시공을 하려는 경향이 있다는 것을 알았다. 그 당시에는 아직 레미콘이란 것이 없었던 때라 콘크리트 작업을 하려면 수동식으로 비벼서 콘크리트를 만들어야 했다. 믹서기계에 자갈과 모래, 그리고 시멘트를 섞은 후 물을 넣어 비벼야 하는 시절이었다. 수동식 작업으로 하면서 보다 빠르게라는 생각으로 공기에 쫓기다 보니 규정대로 잘 비벼 내지를 않은 채 물을 많이 넣어 일을 쉽게 빨리 하려는 경향도 있었다. 일부의 작업반장들이나 일꾼들은 공기가 늦어지면 자신들의 하루 일당이 날아간다고 화를 내면서 투덜대고 적당히 넘어가자고 협박을 했다.

하루는 작업반장 한 사람이 나에게 말했다.

"뭐 그리 까다롭게 감독을 합니까?"

"까다로운 게 아니라 빠르고 튼튼하게 하는 것을 등한시할 수 없는 것 아닙니까?"

"여보시오! 언제 누가 튼튼하지 않게 만든다고 했어요?"

"어떻든 규정대로 비벼서 하세요."

작업반장은 날 보고 "최 감독! 이 새끼 말이 너무 많아?"라고 말했고

"이 새끼?"

"그래 이 자식아!"

"그렇게 막말을 하면 안 되죠."

"이 놈이……."

그가 나의 멱살을 잡았다. 내가 확 뿌리치자 넘어진 작업반장이 콘크리트를 비비던 삽을 들고 나를 죽이겠다고 달려들었다. 그 순간 사무실에서 잠깐 쉬고 있던 젊은 감독들이 모두 뛰어나와 말리는 덕분에 더 큰 다툼은 없었다. 작업반장은 빨리해야 한다는 생각에서 그랬고, 나는 빨리는 하되 튼튼하게 해야 한다는 생각의 차이에서 일어난 일이었다. 경부고속도로를 건설하는 모든 일꾼들은 '빠르게, 값싸게, 튼튼하게'라는 목표들을 그만큼 가슴 속에 새기면서 열심히 일을 하고 있었던 것이다.

그런 시비 끝에 감독들은 사무실에서 대화를 나누었다.

먼저 내가 입을 열었다.

"어떻든 우리는 3마리의 토끼를 쫓는 데에 감독의 임무를 해야 한다는 생각에는 변함이 없습니다."

다들 "그럼요."하고 맞장구를 쳤다.

나는 "그러나 저러나 앞으로 감독들과 작업반장 등의 공정한 일처리를 위해 우리도 안전 차원에서 권총을 차고 감독을 해야 할까 봐요."

라고 말하니 모두가 웃었다.

그만큼 경부고속도로공사는 전쟁처럼 전투적으로 추진하고 있었던 것이다.

내가 감독을 하고 있었던 현장에서 한번은 사람이 죽는 일이 일어났다. 입장비상활주로 구간에서 기층공사를 하고 있을 때였다. 다른 고속도로 구간은 넓이가 22.5m인데 비하여 넓고 넓은 비상활주로는 비행기 이착륙도 해야 하므로 그 폭이 42.5m로 넓었다. 그러기 때문에 일반 고속도로에 비하여 자연적으로 작업 진도가 두 배 이상 늦어지는 구간이었다.

시공사나 감독들은 물론 작업을 하는 일꾼들도

"아유, 힘들어."

"아유, 미치겠네."

"정말 죽을 지경이구만!"

"이곳은 참으로 지겨운 구간이야."

라고 중얼거리면서 작업을 하는 일이 많았다.

그 구간에서 나는 새벽에 다짐 결과를 보려고 현장으로
가 보았다. 그런데 현장에서 사람들이 모여서 웅성거리고
있었다. 그리고 경찰들이 왔다갔다하면서 분주하게 움직
이고 있었는데 느낌이 이상했다. 가까이 가서 보니 견인식
진동 롤러를 운전하던 운전기사가 자신이 운전을 하던 롤
러에 깔려 죽은 것이었다.

나는 천천히 굴러가는 롤러에 깔려 죽었다는 것이 이해
가 되지 않았지만 경찰이 조사를 한 보고서를 보고 나서야
그 사실을 알게 되었다. 당시의 견인식 진동롤러는 진동을
끄고 다시 켜려면 반드시 견인트랙터에서 내려와서 진동을
켜고 꺼야 가능한 구조였다. 그런데 자정 무렵에 잠은 오
는데 운전기사가 진동을 켜려고 내려왔다가 다시 트럭으로
올라가던 중 졸음에 취하여 그만 발을 헛디뎌서 깔려 죽게
된 것이었다.

죽음의 현장은 처절했다. 시체는 말 그대로 피가 흥건하
게 범벅이 되어 있었고 죽은 운전기사는 머리부터 발끝까
지 마치 오징어처럼 납작 모양이 되어 죽어 있었다. 모여
든 사람들은 그 비극적인 현실 앞에서 슬픔에 젖어 있었
다. 나는 그 광경을 보면서 남의 일이 아니기에 더 눈물이
나왔다. 그만큼 무리한 공기에 쫓겨 야간작업을 많이 하다

보니 피곤이 쌓여 일어난 사고였다. 그 사건을 바라보는 많은 사람들은 가슴 안에 스미는 안타까움과 슬픔을 한동안 잊지 못했다.

그 사건 이후 나는 다시 현장이 가까운 입장 시내로 신혼살림을 이사했다. 아내는 그때 첫 아이를 임신하여 입덧이 무척 심했다. 하지만 나는 공무에 매달려 아내를 이곳저곳으로 함께 데리고 이사를 다니기만 했다. 하다못해 가까운 시내라도 나가서 아내가 먹고 싶다는 음식을 사다 줄 형편도 못 되었다. 내 현장 업무생활을 잘 알고 있던 아내에게 고작 내가 할 수 있는 말은 '미안해요.'가 전부였고 그 말밖에 해줄 수가 없었다.

늘 밤늦게 퇴근하는 것이 일상적인 생활이었는데 어쩌다 일찍 퇴근하여 오는 것만이 가장 좋은 선물이었다. 내 마음을 이해하는 아내는 출근을 하든 퇴근을 하든 조용한 미소로 내게 인사를 해주었다. 아내의 그 마음속에는 항상 이해의 꽃향기가 풍겨 나오고 있었다.

특히 새벽에 출근을 할 때에는 아내가 아스팔트가 묻은 내 신발 군화를 닦아주면서 "오늘은 언제쯤 들어오셔요?"라고 다정한 목소리로 묻는다.

"……."

나는 미안한 마음으로 대답은 하지 못하고 살며시 아내의 손만을 잡아줄 뿐이었다.

아내는 알고 있었다. 하루 작업은 늘 야간작업으로까지 이어진다는 것을! 아내의 미소에는 늘 사랑의 향기가 들어 있었다. 투정 한 번 안 하는 아내는 순정으로 이루어진 아름다운 꽃과 같았다. 그래서 나는 출근길이 가벼웠으며 퇴근길은 훨훨 나는 기분이 되었다. 집에서 아내가 기다린다는 것, 집을 향하여 아내를 보러 가는 나의 발걸음이 날아가는 기분인 것은 모두가 서로 주고받는 배려와 이해의 사랑 덕택이었다.

토공 작업이 끝나고 본격적으로 포장작업을 시작하는 5월 초였다. 천안공구사무소에서는 토공을 담당하던 감독들을 다시 포장감독으로 배치했다. 그리고 일부 감독들은 다른 공구로 지원을 보냈다. 그때 나는 평택 원곡에 있는 포장공사 현장사무실에 배치되었는데 그곳은 오산~천안 간의 기층(쇄석혼합골재기층)을 감독하는 업무였다. 나는 동료들과 함께 오산에서 천안IC까지 39㎞의 연장을 4개월 동안에 모두 완료해야 한다는 지시를 받고 단단한 각오를 했다. 그때의 경부고속도로 포장 두께는 형편없이 얇았다. 포장 단면은 노상층 위에 보조기층 40㎝, 혼합골재기층 15㎝,

아스콘 중간층 5㎝, 아스콘 표층 2.5㎝ 등 총 62.5㎝가 전부였다. 요즈음의 동상방지층 두께가 30~40㎝, 보조기층 30㎝, 아스콘 기층 20㎝, 표층 5㎝ 등 총 85~95㎝보다는 소요 공사비가 훨씬 적게 드는 얇은 단면이었다.

그렇다 치더라도 그 당시의 장비나 기술력 등을 생각하여 볼 때 매우 벅찬 공사량이었다. 더구나 시공사에서 야간작업을 하게 되면 나를 비롯한 모든 감독들도 당연히 따라서 야간작업을 해야 했기에 쉽지 않은 공사였다. 나를 비롯한 직원들은 물론 모든 포장감독들이 매일 실시해야 할 업무내용은 그때까지 시공된 토공 마무리 작업을 한 뒤에 자갈 섞인 보조기층재를 반입하여 20㎝ 두께가 되도록 그레이더로 포설(鋪設)을 한 후 물을 주면서 다짐을 완료한 다음 잘 다져졌는지 들밀도시험이라는 검사과정을 실시하여 합격여부를 판단한다. 그리고 그 위에 다시 15㎝ 두께가 되도록 혼합골재 기층를 반입하여 포설을 한 뒤에 살수를 하면서 다짐밀도가 기준치인 표준다짐의 95%가 되도록 다지는 것이었다.

뒤를 이어 최종 검측 시에는 3m 길이의 직정기(直定器)로 측정을 하여 0.5㎝ 이하가 되도록 평탄하게 한 다음, 아스콘 포장을 하기 전 기층과 아스콘이 잘 접합되도록 프라임코팅을 실시했다. 프라임코팅을 실시했다고 해서 일이 끝난 것은 아니었다. 이어서 프라임코팅 재료인 묽은 아스팔트가 잘 굳어지도록 48시간을 양생한 후 중간층 5㎝ 두께의 아스콘을 깔도록 하였고 그 위에 다시 아스콘으로 표층 두께 2.5㎝를 위에 추가로 덮는 작업을 일을 해야 했다. 이러한 모든 과정을 빠짐없이 철저하게 관리를 하면서 공기는 공기대로 맞추라고 독려를 해야 했는데 사실상 두 가지 목표를 달성한다는 것이 엄청나게 어려운 일들이었다. '길 위의 남자'인 우리 모든 직원들은 쉬지 않고 그 어려운 과정을 끊임없이 계속하고 있어야 했다.

그렇게 시공감독을 하고 있던 중에 1969년 5월경 한국도로공사가 설립된 지 얼마 되지 않았을 때였다. 당시에는 경부고속도로 중에서 서울 양재IC에서 오산IC까지만 완공이 되어 부분적으로 차량 통행이 시작되었는데 새로 설립된 한국도로공사가 그 구간의 통행료를 받고 있던 시절이었다. 나는 차량들이 쌩쌩 달리는 모습을 바라보면서 길을 만드는 건설공무원으로서의 자부심을 느꼈다. 그런데 감독 사무실에 들어가니 동료가 투덜대고 있었다.

"아니, 세상에 우리는 죽도록 밤낮으로 일을 하여 이제 막 완성된 고속도로에서 차량들이 신나게 달리는데 요금을 안 내고 지나가는 차량이 있다니 말이 되느냐고? 최 기사 그 사람들 너무 한 것 아냐?"

"그래? 나도 어제 소장님께 들었는데 요금을 내지 않고 그냥 가버리는 차량이 무려 고속도로 이용 차량의 전체에서 22%나 된다는 거야."

"난 이해를 못 하겠어."

"그런데, 김 기사 들었어?"

"뭘?"

"박정희 대통령이 고속도로를 잘못 이용하여 과태료를 낸 것 말이야."

"아! 그 이야기? 세계에서 세 번째로 벌금을 낸 대통령이라고들 하는데 지나가는 말로 들어서 자세한 것은 잘 모르겠어. 어떻든 고속도로 통행료 징수에 밝은 앞날을 보는 것 같네."

"맞아. 지난 5월 24일 오전 10시경이었나 봐. 야! 30세란 나이는 매력이 있어."

"또 뜬금없이 무슨 말이야?"

"조종헌 도로공사 수원영업소장 말이야. 나이가 30이어서 하는 말이야."

"무슨 말이야? 좀 자세히 말해봐."

"그날 조종헌 소장이 톨게이트에서 근무를 하고 있었거든. 경부고속도로의 서울~오산 구간만 일부 개통됐지만, 아래 이야기는 아름다운 일화로 역사에 기록될 거야. 그날 조 소장은 검정색 리무진을 포함한 6대의 차량이 오산IC에서 수원IC로 오고 있는 것을 보았어. 그런데 그들이 제시한 통행권에는 서울의 양재 톨게이트에서 발급받은 서울~수원 구간만 적혀 있었거든. 그런데 반대로 수원 아래 오산IC 쪽에서 차들이 올라왔으니 조 소장은 크게 당황했지."

"정말 그러네."

"그래서 조 소장은 '통행권에는 서울에서 수원까지 통행으로 되었는데 어떻게 해서 그 아래 오산에서 올라왔죠?' 운전을 하는 사람이 '원래는 수원에 볼일이 있었는데 일정을 바꾸어 오산까지 다녀와서 그래요.' '통행구간을 초과하셨어요. 유료도로법에 따라 수원~오산 간 왕복통행료와 과태료를 지불해 주십시오.' 결국 조 소장은 원칙대로 과태료를 포함해 통행료 1,550원을 징수한 것이지."

"그게 당연한 것이지."

"그 이야기를 하려는 것이 아니라 리무진 뒷좌석에서 그 광경을 흐뭇하게 웃으며 바라보고 있던 사람이 있었어."

"그게 누군데?"

"바로 박정희 대통령이었어."

"그래? 그럼, 세계에서 세 번째로 벌금을 낸 대통령이라고들 하던데 바로 그 이야기인가 보네."

"응. 경부고속도로 오산 아래쪽 공사 현황을 살펴보기 위해 현장을 순시하고 있었던 것이지. 박 대통령은 미소를 띤 표정으로 500원짜리 지폐 넉 장을 건네며 거스름돈과 영수증은 나중에 청와대로 보내달라고 말했대."

"그런데 어떻게 그런 일이 생길 수 있어?"

"차량의 앞뒤에 경찰 경호 차량이 없었기 때문에 벌어진 일이래. 결국 조 소장은 나중에야 대통령인걸 알고 가슴이 덜컹 내려앉았대. 그래서 도로공사 사장은 사과 전화를 청와대로 했다는 거야. 하지만 박 대통령은 '한국도로공사의 전망이 밝아요. 그런 젊은이가 있으니 마음이 든든해요.'라고 오히려 칭찬을 했다는 것이지. 이후 조 소장은 도로공사의 유명한 스타가 됐고 도로공사 직원들은 통행료 징수에서 원칙대로 근무하는 자세가 몸에 배게 됐다는 것이지. 조 소장의 원칙적인 통행료 징수로 도로공사의 위신이 한층 올라간 셈이지."

"참, 감동적인 일화이네."

"그래."

"하하하."

이야기들을 하면서 모두들 기분 좋게 웃고 있었다.

우리는 그렇게 고생을 하여 그해 9월 20일 드디어 오산 IC에서 천안IC까지 39㎞ 구간을 예정대로 완공했다. '보다 빠르게, 값싸게, 튼튼하게'의 구호대로 3마리의 토끼를 쫓아서 진행된 고속도로 공사를 공정을 맞춘 무척 힘들었던 구간이었다.

우리는 입장에 있는 비상활주로에서 박정희 대통령 내외분이 지켜보는 가운데 F-86 시험비행까지 무사히 마칠 수 있게 되었다. 시주(始走)식은 모두의 박수갈채와 성공을 축하하는 환호 속에서 아름답게 이루어졌다. 모든 사람의 얼굴에는 환한 웃음꽃이 피었다. 이후 박 대통령은 천안 공설운동장에서 가진 준공식에서 '어려운 고속도로공사를 공기 내에 잘 맞춰 수고해 준 공사감독들과 시공사들에게 너무 감사한다'라는 말씀을 해주어 모두 박수를 치고 기뻐했다.

마지막 공사의 피와 땀

1969년 9월 오산~천안 간 경부고속도로공사를 모두 마치고 나서 나는 임신 말기의 몸이 무거운 아내를 서울로 올라가서 살게 했다. 왜냐하면 내가 경부고속도로 본부사무소의 명에 따라 머나먼 언양공구사무소 양산 화일산업 시공구간으로 발령을 받아 갔기 때문이었다.

당시 우리 집은 어머니가 영천동 전셋집을 빼서 그 돈으로 사당동 시유지인 산 17번지에 지어진 8평 정도의 슬레이트집을 샀는데 나는 그곳에서 아내를 부모님과 함께 살도록 했다. 몸이 무거워진 아내를 생각하면서 내 마음도 무거운 채로 중앙선 열차를 타고 경주 쪽으로 가고 있었다. 이어 다음날 아침에 경주에 도착해 다시 버스를 타고 벼가 누렇게 익어가는 들판을 바라보면서 언양공구사무소가 있는 언양읍으로 갔다. 언양에 도착하여 동료들과 함께 사무실에서 근무지 재배치를 기다리고 있는데 동료들이 서로들 말을 주고받았다.

"올 12월 말일까지 포장공사를 완료해야 한대."

"야! 그러자면 공정이 무척 빠르게 진행되어야 할 것인데 번개 불에 콩을 구워먹어야 하는 것 아니냐?"

"보다 빠르게, 보다 값싸게, 보다 튼튼하게를 벌써 잊었어?"

나도 한마디를 했다.

"우리는 성실하게 근무를 하면 되니까 모든 것을 긍정적으로 받아들이자고."

모두 열심히 일을 하겠다는 각오를 가지고 있었다.

함께 간 동료들과 함께 다음날 나는 언양공구사무소로부터 부산 쪽 화일산업에서 시공을 하고 있던 양산~부산(동래)간 소공구로 배치를 받았다. 그래서 우리는 현장사무소가 있는 양산까지 다시 버스를 타고 갔다. 현장에 도착해 보니 포장공사를 감독 경험해 본 사람들은 새로 배정을 받아 도착한 나와 함께 간 동료들밖에 없었다. 우리는 짐을 풀고 동료와 함께 완공일정에 맞추어 매일같이 일일공정표를 짜 가면서 시공회사인 화일산업의 야간작업을 독려해야 했다.

내가 양산 분공구에서 한참 감독을 하고 있었을 때였다.

그날 막 점심을 먹고 커피 한잔을 하고 있는데 어머니가 이웃집의 전화를 이용하여 말했다.

"얘야! 네 처 출산 예정일이 내일 모레인데 그때는 올라올 수 있었으면 좋겠다. 그래도 네가 곁에 있어야 며느리가 마음이 든든할 것 아니냐."

나는 "알았습니다."라고 답했다. 그때가 10월 중순경이었는데 나는 급하게 겨우 3일간의 휴가를 내고 서울로 올라갔다. 나는 그렇게 아내의 출산 도우미를 했다.

당시 사당동 산 17번지 시유지 위쪽 마을에는 가구마다 수돗물이 없었다. 상수도가 있는 저 아래에 내려가서 물을 받아오기 위해서 약 500여 미터의 거리에 있는 공동수도에서 물을 길어 와야 했다. 나는 아침 일찍 집 부엌에 있는 큰 물통에 물지게를 빌어서 물을 가득 길어다 놓고 아내의 산후조리를 도왔다. 아내는 집 근처에 있는 조산원의 조력을 받았다. 그 조산원은 다리 한 쪽이 불편했는데 친절하게 출산 처리를 잘한다고 소문이 나 있었다. 아내는 주변의 일들을 잘 처리해 주는 남편과 조산원 그리고 어머니의 도움을 받아 마음 든든하게 첫 아기를 순산했다. 아기가 태어나는 순간 진통을 느낀 아내의 신음소리에 밖에서 마음을 졸이며 이를 기다리던 나의 가슴은 떨리면서 긴장이 되었다. 그러나 잠시 후에 어머니가 '고추다!'라고 외쳤을 때 나는 자신도 모르게 '야호!'라고 소리를 쳤다. 1969년 10월 20일이었다. 나는 드디어 첫 아들을 갖게 된 것이었다. 그리고 미리 이름을 지어놓은 대로 아기 이름을 '호남(鎬男)'으로 했다. 그런데 첫 아들이 태어나자 묘한 기분이 들었다. 그 순간 '나도 이제 애기 아빠가 되었구나!'라는 생각을 하면서 가정을 위해 더욱 노력해야겠다는 진지한 생각을 했다.

하지만 나는 현장일이 바빠서 60세의 어머니에게 계속 산후 조리를 맡긴 뒤 바로 다시 양산고속도로공사 현장으로 내려가야 했다. 그해 말 경부고속도로가 준공이 될 때까지 현장에서 공사감독을 해야 했기 때문이다. 내가 떠날 때 아내의 눈망울에는 섭섭함이 담겨 있었지만 나는 공무를 저버릴 수는 없는 형편이었다. 차마 떨어지지 않는 발걸음을 떼어야 하는 나의 심정도 착잡했다. 그래도 떠나야 했다.

나는 아내의 두 손을 한데 모아 꼭 쥐어주고는 집을 나서는데 아내가 먼저 입을 열었다.

"걱정 말고 가서 감독업무에 신경을 쓰셔요."

"……."

나는 미안하여 할 말이 없었다. 아내의 눈과 눈을 마주친 후 현장을 향하여 발길을 돌렸다.

현장에 도착하니 급한 공기로 인하여 마치 전쟁터 같았다. 그날부터 12월 말인 50여 일 간 나를 비롯한 건설일꾼들은 주야간 작업에 몰입했다. 야간작업으로 인하여 수면이 부족하여 감독할 장소로 걸어가면서도 잠이 와서 미칠 지경이었다. 피곤이 쌓여 온몸은 천근만근이었고 살이 빠지고 피가 마를 지경이었다. 나는 매일 심한 일에 몸과 마음이 지치게 되었다. 하지만 사명감 하나로 버텼고 뼈가 아프고 피를 말리는 작업은 계속 되고 있었다.

특히 이 구간에서는 육군 공병대가 공사를 맡았던 양산~부산 구간 중 가장 난공사였던 엄청난 바위 절취 구간이 있었는데 이를 완전하게 시공하기 위해서는 투철한 군인정신과 건설 공무원들의 희생정신이 필요할 수밖에 없었다. 그렇게 밤낮없이 나를 비롯한 건설일꾼들이 고속도로공사에 매달려서 목적한 대로 12월 30일, 대구에서 부산까지 구간을 준공하게 되었다.

그날은 박정희 대통령이 시주식을 하는 날이었다. 그 시주식 전날까지 현장의 전 직원들은 쉴 새 없이 작업을 했

다. 매일 계속되는 근무와 희생정신으로 모두가 일에 임해
야 했다. 근무시간의 규정, 법적인 노동시간 등 그런 시간
의 개념은 우리 건설일꾼들에게는 이미 사라진지 오래였
다. 4~5시간의 잠과 식사시간을 제외하고는 작업에 몰입
을 해야 했다. 어떤 날에는 너무 피곤하여 이야기하면서도
꾸벅꾸벅 조는 동료도 많이 있었다. 밤이나 낮이나 피곤과
잠과의 전쟁이었다. 그래도 작업은 해야 했다.

  12월 30일 그날 부산으로 준공식에 참석하는 박 대통령
이 우리 현장을 지나기로 한 시간은 11시 30분이었다. 나
랑 동료들은 물론 시공사 직원들과 함께 힘을 써서 오전
10시경에야 겨우 바위 절취구간 마무리 포장 공사를 겨우
마칠 수 있었다. 이제 1시간 30분밖에 시간 여유가 없었
다. 숨 가쁜 순간들이었다. 그러나 포장 작업은 마무리되
었지만 대통령이 지나기로 한 시간 30분 안에 우리는 차
선도색을 해야 하는 등 마무리 준비를 해야 했다. 총 감독
님은 우리 동료들과 시공회사 전 직원들을 총 동원을 하고
그것도 모자라 동네 아주머니들까지 약 30여 명 섭외를 하
여 완성한 포장면에 물이 있는 도로에 일렬로 세웠다. 그
런 다음 모두 일체가 되어 마른 걸레를 사용하여 포장면의
물기를 닦았다. 이어서 축축한 노면에 그대로 차선표지 레

인마킹을 하게 했다. 그리고 레인마킹이 채 굳기도 전 예정한 시간에 박정희 대통령 일행은 그 모습을 드러냈다.

우리들 공사 관계자들은 걸레를 잡고 있는 손을 뒤로하고 나머지 한 손으로 대통령께 거수경례를 해야 했다. 자세한 사정을 모르는 박 대통령은 도로공사를 하는 일행을 향하여 손을 흔들어주면서 답례를 해주었다. 대통령이 급속으로 우리 공사구간을 지나가자 우리 모두는 힘든 일을 해냈다는 보람과 성취감에서 눈물이 저절로 나왔다. 그동안 밤잠을 설치면서 앉으나 서나 오직 도로 위에서 시간을 보냈고 고되게 감독을 하였던 성공과 보람에 대한 회한의 눈물이었다. 산이 높으면 올라갈 때 힘들고 고된 만큼 정상에 도달했을 때의 기쁨이 크듯이, 고속도로에 대한 일도 고생하고 노력한 과정이 있었던 만큼 성취감에 대한 보람도 컸다. 그 당시 도로를 만든 사람들은 모두 알게 된 사실이었다. 그해 12월 말까지 그렇게 대구~부산 간 경부고속도로 포장공사는 끝을 내었지만 그동안 구간별 포장공사 간에서 근무를 했던 나를 비롯한 감독관들은 새로 현장을 재배치 받지 못하여 새해 1월부터 2월 말일까지는 각자 자신의 집에서 대기하라는 명령을 받았다.

그러다가 3월이 되고 해빙이 되자, 온갖 시련과 난관으로 애태우면서 밤낮으로 매달려 관리하여 준공시켰던 오산~천안 간 구간에서 포장 면에 균열이 생기는 문제가 발생했다. 그래서 집에서 대기 중에 있었던 감독 직원들은 새로 발족한 한국도로공사 직원들과 합동하여 시공회사인 현대건설이 보수 하는 오산~천안 간 하자보수 현장을 감독하라고 지시가 내려왔다. 하자문제는 주로 혼합골재 기층 구간에서 많이 발생했다. 그래서 현대건설은 그 혼합골재 기층부문을 완전하게 드러내고 새로 아스콘으로 치환하면서 오버레이를 다시 해야 했다.

신문 등 매스컴에는 '부실공사, 누더기 보수'라는 등 비판적인 기사가 보도되었으나 현장에서 일을 했던 나와 동료들은 양심적으로 부끄러운 일은 하지 않았다는 생각을 했다. 어떻게 하면 고속도로를 값싸게, 빠르게, 튼튼하게 만들까 하고 연구를 거듭하면서 일을 했던 것이고 아직 기술적으로 미숙했지만 우리나라에서 우리 손으로 처음 고속도로를 나름 잘 만들어 보려고 피나는 노력을 했다는 생각이 있었기 때문이었다. 우리는 그런 과정에서 공사비를 줄이기 위해 포장두께가 너무 얇게 설계가 되었고 또한 쇄석골재를 생산할 때에 흙 성분이 조금 많이 섞인 것이 그 원인이라는 말들을 듣게 되었지만 그래도 신출내기 감독들은 그저 '빠르게' '값싸게' '튼튼하게' 만들어야 한다는 생각만을 하고 있었던 것이었다. 어쨌든 이 부실공사 논쟁을 거치면서 우리나라 포장공사의 설계, 감독 실력은 급속도로 늘어서 이제는 세계 상위권에 진입하게 되었다. 이렇게 약한 달간의 하자보수가 끝나자 그해 4월경 경부고속도로 사무소에서는 나와 동료들을 경부고속도로공사 마지막 구간인 대전공구 옥천분공구로 발령을 냈다. 그곳 공구에서는 나는 아스콘 포장 감독을 하게 되었다.

그러는 동안 아내는 혼자서 사당동 산 17번지 집에서 어린 호남이를 잘 키우고 있었다. 그런데 어느 날부터 호남이가 설사를 하고 젖을 잘 빨지 못하여 애가 너무 말라가기 시작하였고 엎친 데 덮친 격으로 아내는 젖몸살까지 하고 있었단다. 그러나 집에는 전화기가 없어서 집 소식은 항상 늦게 접하였다. 소식이 늦어지면 사후 약방문 꼴이 되어 집안일들은 겨우 편지로만 통해서 알 수 있었고 좋지 않은 일로 인해 우리 부부는 마음 아픈 시간을 가져야 했다.

그러던 5월경에 나에게 큰 사고가 있었다. 동료들과 옥천 근처 포장공사를 감독하고 밤늦게까지 야근하던 날이었다. 밤 12시가 넘어서야 그날 업무가 끝났다. 서로들 숙소로 가려는데 박경부 주감독이 말을 했다.

"최광규! 늦었지만 목도 마른데 우리 셋이서 술이나 좀 마시다 가자."

"그러자."

옆에 있던 김의곤도 맞장구를 쳤다. 나는 술이 당기지 않았고 피곤했다. 특히 내일의 근무를 생각하여 그냥 들어가고 싶었지만 두 동료의 마음을 거절하기가 어려워 응하게 되었다.

세 사람은 옥천 시내 술집에서 술을 마시기 시작했다. 술 몇 잔이 들어가면서 또 젊은 혈기가 넘쳐나고 있었다. 시간이 지나면서 직장 이야기, 정치 이야기, 상사에 대한 이야기 등 잡다한 이야기들이 술잔이 넘쳐나듯이 넘쳐나고 있었다. 서로 주거니 받거니 때로는 푸념을 하고 때로는 박장대소를 하면서 젊은 기분에 한참동안 술을 마시다 보니 모두들 너무 술에 취했다.

그때 김의곤이 나에게 시비를 걸었다.

"최광규! 넌 다 좋은데 너무 까칠해."

"그게 무슨 말이냐?"

박경부가 묻자

"이 짜식은 저만 혼자 열심히 하고 너무 원칙주의자라는 말이야."

"……."

"그리고 우리가 일을 하다가 좀 쉬었다 하려고 하면 굳이 혼자 계속 하는 이상한 근면성을 부린단 말이야."

그때 내가 입을 열었다.

"인간이란 각자 나름대로 직장에 대한 근무관이 있는 것이야. 난 열심히 일하는 것이 나의 근무관이야."

"짜식 건방지긴……."

김의곤이 말과 동시에 갑자기 나의 얼굴을 향하여 안주가 담긴 접시를 집어 던졌다. 나는 순간적으로 왼 손바닥을 이용하여 얼굴을 막았다. 그래서 다행히 얼굴은 괜찮았지만 대신 왼쪽 손바닥에는 7㎝가량이 찢어지면서 피가 흐르고 말았다.

그 순간 일행들은 술이 확 깼다. 김의곤은 자신의 급한 성격을 후회는 했지만, 박경부가 다시 충고를 강하게 했다.

"김의곤 야! 너 성질부터 고쳐라."

"……."

"기분 좋자고 마신 술자리를 난장판으로 만들고 앞으로 어디 무서워서 너랑 술 마시겠냐?"

"그만들 해."

나는 다툼을 중지시키기 위하여 한마디 했다.

뒤이은 박경부의 신속한 조치로 사건은 잘 마무리는 되었고, 셋은 재빨리 근처 병원의 응급실로 가서 손바닥을 실로 꿰매었다. 그래서 겨우 피를 멈추었지만 상처가 너무 커서 나는 며칠 동안 현장에도 못 나가고 집에서 치료를 받아야 했다. 나는 한쪽 손을 사용하지 못하여 한동안 신발도 못 신는 불편을 겪었다. 그 때문에 나는 부득이 아내를 옥천으로 불러내어 내 병간호를 도와달라고 했다.

옥천 시내 뒷골목에 작은 셋방 하나를 얻었고 아내는 그날로 호남이를 데리고 간단하게 이사는 왔는데 호남이가 자꾸만 설사를 계속 한다고 했다. 그날도 내가 퇴근하여 방에 들어서자 아내는

"병원에서는 보리차만 먹이라고 하네요."

"걱정이네. 그래도 병원의 지시에 따라야지."

우리 부부는 애기 건강을 무척 걱정을 하면서 지냈다. 아내는 자식에게 보리차만 먹인다는 현실에 무척 마음 아파하면서도 병원의 지시대로 계속 보리차만 먹이고 있었다. 우리의 마음을 더 안쓰럽게 하는 것은 호남이가 거의 돌이 다 되어 가는 데도 잘 일어서지도 못하고 빼빼 마르기만 하는 일이었다. 부부의 걱정은 태산 같았다. 건강하지 못한 자식 때문에 우리 집안은 늘 우울함이 깔려있었다. 아이의 몸이 시원치 않게 되자 우리 역시 먹을 것을 제대로

먹지 못하고 걱정하는 마음으로 생활을 하면서 지냈다. 아이는 계속 약해지면서 웃거나 재롱을 떠는 것조차 하지 않았다. 걱정은 시간에 비례하여 커져만 가고 있었다.

그러던 차에 우리가 사는 것이 궁금하여 옥천에 내려오신 어머니에게 자초지종을 말했다. 어머니는 애기를 보더니 아내를 막 꾸짖었다.

"애야! 병원의 지시라고 다 옳은 것은 아니다."

"……."

시어머니 보기에 송구한 며느리는 입을 다물고 있었다.

"아이나 어른이나 사람은 먹어야 사는 것이여. 무조건 아무 거라도 애가 먹기만 하면 자꾸 먹여야 하는 것이야."

어머니는 그렇게 말을 하면서 즉시 우유가루와 설탕을 약간 섞어 쌀로 죽을 쑤어 아이에게 계속 떠 먹였다. 아이는 할머니가 떠먹여 주는 죽을 배가 불러 양이 찰 때까지 계속 잘 받아먹었다. 죽을 먹고 나자 며칠 후부터는 아이는 얼굴에 화색이 돌아 웃고 재롱도 피우는 등 활기가 넘쳐나기 시작했다. 그렇게 아이가 죽을 먹기 시작한 후 몇 주가 지나서부터는 살이 통통하게 오르고 늘 웃으며 명랑한 얼굴을 했다. 우리는 이제야 마음이 놓이면서 살 것만 같아서 기분이 좋아졌다. 그때 어머니에게서 느끼고 배운 것은 인생의 경험이란 의사의 전문적 지식보다 앞선다는 것이었다. 어머니 덕분에 집안이 다시 웃음꽃이 피어났다. 아이가 건강을 되찾았고 앞으로도 의사 말만 들어서는 안 된다는 생활의 교훈을 어머니를 통해 얻게 된 것이다.

　그 당시 옥천공구에서는 영동 측과 옥천 측 구간을 연결하는 당재터널이 아직 개통이 되지 않은 구간이라 포장공사 공정이 너무 부족한 실정이었다. 그래서 우리는 1970년 7월 7일 준공식을 목표로 모든 공사 공정에서 거의 매일 야간작업을 해야 했다. 나도 동료들과 함께 새벽부터 나와서 열심히 근무를 하고 있었는데, 하루는 대전공구 소장인 조재삼 소령이 '감독들에게 드리는 글'이라면서 타자로 친 메모지를 돌렸다. '여러분은 장관님의 말씀을 잘 듣고 열심히 감독하여 준공에 차질이 없도록 하라.'라는 뜬금없는 내용이었다. 나를 비롯한 감독들은 갑자기 생긴 일이라 영문을 모르고 있었다. 새벽부터 밤잠을 설치고 일하는 감독들에게 무슨 뜻으로 말한 것인가? 나중에 알고 보니 현장을 순시하던 이한림 당시 건설부 장관이 보조기층에서 골라낸 큰 돌 몇 개가 중앙분리대 속에 들어간 것을 가지고 품질관리를 잘못했다고 대전공구 소장을 무척 야단을 쳤다는 것이다. 그 때문에 조재삼 소령은 도의적인 책임을 지고 사표를 냈다는 것이었다.

우리 감독들은 기가 꺾였다. 매일 같이 야간작업을 하면서도 오직 사명감 하나로 열심히 고생을 하고 있는데 사실 품질관리하고는 아무런 상관도 없는 사항까지 문제를 삼으며 고생하고 있는 감독이나 일꾼들을 몰아치고 있는 이한림 장관이 원망스러웠던 것이다. 다행히 며칠 후 장관과 소장 사이에 모든 오해가 풀려서 사표를 낸 조재삼 소장이 다시 현장에서 근무를 하게 되었다. 그 일이 있은 이후에는 우리 감독들은 소장을 만나면 밝은 얼굴로 손을 흔들면서 '반갑습니다. 소장님!' '열심히 하겠습니다' '새로운 각오로 힘차게 전진합시다.'라면서 손을 흔들며 인사를 교환하고 열심히 일을 하게 되었다.

한편 당시 현장에서 거의 주재하며 살다시피 하는 서울 본부사무소의 지영만 부소장은 포장공사의 공정 추진이 잘 진척되지 않으면 기층다짐을 감독하고 있는 우리 현장의 감독들에게 직접 와서 당장 작업을 밀어붙이도록 강하게 지시를 했다.

"이 봐! 날 봐! 내가 누구냐?"

그러면 감독들은 웃으면서

"네, 부소장이십니다."라고 대답을 하곤 했다.

그러면 부소장도 웃고 감독들도 웃음보를 터뜨렸다.

지 부소장님은 감독들이 부동자세로 서 있으면

"됐어. 편하게 있어."라며 손짓했다.

"……."

이어 감독들이 밝은 표정이 되면 그는 환한 표정으로 작업명령을 내렸다.

"내가 볼 때 이 정도면 기층 다짐이 잘된 거야. 바로 프라임을 시켜."

공정추진에 애를 먹고 있던 감독들도

"네, 알겠습니다."라고 대답하고는 빨리 프라임코팅을 하도록 작업을 독려했다. 모두들 빡빡한 공기를 맞추기 위하여 일심동체가 되어 서두르고 또 서둘렀다.

그 중에서 당재터널 공사는 엄청 어려운 공사였다. 그리고 고속도로공사와 더불어 현대건설에서는 금강휴게소 공사도 병행하여 진행했다. 또 금강휴게소 부근에는 고속도로공사 중에 순직한 77명의 희생자를 모시기 위한 위령탑도 공사를 했다. 위령탑이 준공될 때 모든 관계 감독들은 우울하고 착잡한 마음으로 눈시울을 붉히며 바라보았다.

1970년 6월 27일 밤 11시! 드디어 충북 옥천군에 위치한 당재터널이, 영동과 옥천쪽 양쪽에서 뚫어오던 그 터널이 완성이 되었다. 당재터널이 완공되기까지는 공사감독 측과 시공회사 등간에 이런저런 공정관계로 서먹서먹하게 지내고 있었지만 터널이 뚫리는 그 순간 두 팀은 끌어안고 기쁨의 포옹을 했다. 터널이 완공되자 모든 포장 관계자들도 함께 만세를 불렀다.

　　당재터널은 1969년 9월 11일 현대건설이 착공을 했다. 그 이후 290여 일 동안 연중무휴로 작업했다. 그러나 어떤 날에는 하루에 단 4m도 뚫지 못할 때가 있었던 어려운 공사였다. 경부고속도로 428km의 전 구간 중 가장 어려운 공사 지역이었다. 상하행선 합하여 총 1120m인 이곳의 공사 중 무려 13번이나 터널이 무너지는 등 경부고속도로 전 구간에서 총 77명의 희생자가 있었는데 당재터널에서만 11명의 희생자를 낸 곳이었다. 목숨까지 희생하며 이룩해 낸 당재터널이 드디어 뚫림으로써 다음날부터는 본 포장과 갓길 포장에 이어 차선도색까지 이 구간의 마지막 공종을 마무리했다. 이로써 경부고속도로 전 구간이 완공되어 드디어 1970년 7월 7일 개통식이 열리게 되었다.

그날 박정희 대통령은 당재터널을 지나 대구 공설운동장에서 가진 성대한 준공식기념 축사에서 "우리나라 오천년 역사에서 우리는 오늘 이런 대역사를 이룩해 냈습니다. 이제부터는 가난을 극복하고 '잘살아 보세'라는 구호를 외치며 우리 모두 열심히 앞으로 나갑시다. 그동안에는 고속도로 건설에 반대하는 사람들도 있었지만 먼 훗날 '참 잘했다'는 이야기가 나오게 될 것입니다. 아울러 고속도로를 건설하면서 77명의 아까운 목숨까지 희생을 하면서 열심히 건설에 참여해 준 시공사들, 감독자들 모두에게 감사를 드립니다."라고 힘을 주어 말씀하셨다.

준공식을 마치고 나를 비롯하여 감독을 담당했던 직원들은 모두 대통령의 하사금을 받았다. 주감독은 10만 원을 그리고 나 같은 보조감독은 5만 원씩을 받았다. 나는 하사금 이외에는 아무런 상도 받지 못했지만 상급자들 몇 사람은 훈장과 공로상을 받았고 동료들 일부는 표창장을 받았다. 우리가 감독을 맡았던 공사구간이 모두 완료되면서 나와 동료들은 헤어지게 되었다. 우리는 회식을 하면서 그동안 힘들었던 이야기와 크고 작은 사고에 대한 대화들이 오갔고 다시 만날 것을 기약하면서 뿔뿔이 헤어졌다. 어떤 친구는 새로 생긴 한국도로공사로 갔고 또 어떤 동료는 건설부 본부나 각 지방 국토건설국(현 지방국토관리청)으로 갔다. 또한 서울시청으로 간 사람도 있었다. 또 그때까지 다른 기관으로 발령이 나지 않았던 사람들은 본부사무소에 대기하면서 공사 준공지(竣工誌)를 만들거나 문제된 지역의 도로를 보수하는 곳에서 감독을 하기도 하다가 그 뒤 모두들 새로 새긴 기간국도건설사무소로 배치를 받아 근무를 하게 되었다. 가는 길을 산이 막으면 터널을 뚫었고 물이 막으면 다리를 놓으면서 경부고속도로공사는 그렇게 보람 있게 마무리가 되었다.

새로운 기관에 가서

　나는 중부국토건설국(현 서울지방국토관리청)으로 발령을 받아 근무를 하게 되었다. 그리고 경부고속도로의 건설 감독경험이 중부국에서 근무하는 동안 설계 감독을 하는 데에 많은 도움이 되었다. 특히 1971년 말에 남북적십자 회담을 앞두고 시행한 서울~판문점 간인 통일로 공사에는 주야간 3교대 작업을 실시하면서 2차선 40km를 4차선으로 확장을 하는데 단 40일밖에 걸리지 않았던 것은 나를 비롯한 직원들이 경부고속도로의 공정추진 방법과 감독 경험을 여지없이 살려서 발휘된 효과라고 볼 수 있었다.

　중부국 국도과는 경기도와 충청남·북도 지역의 국도를 도로확장 및 포장공사의 설계와 공사감독을 하는 기관이었다. 중부국에 전입한 뒤 국도과에서는 나를 1970년 8월경 우선 공주에서 조치원으로 통하는 국도 36호선 일부를 포장하는 공사감독으로 배치해 주었다. 그 공사의 시공사는 동양건설진흥(주)이었는데 그 공사의 기층공법이 LAC공법이라고 특이한 공법이었다. 황토 흙에 LAC라고 하는 액체를 넣고 스태빌라이저라는 혼합기계로 섞어서 다짐을 한 다음에 적당한 시간이 지난 후 그 기층이 단단하게 굳어지면 그 위에 아스콘으로 덮어 포장을 하는 방식이었다. 우리나라에서 처음으로 해보는 기층공법인데 약점은 공사 중 비가 올 경우 황토 흙이 너무 질게 되어 작업을 하기에 곤란했다.

한편 1971년 휴일인 10월 24일 UN데이에 국토과장실로 일부 국도과 직원들이 긴급 소집되었다. 그해 12월 남·북한 간에 처음으로 남북적십자회담을 하게 되었는데, 그 기한 안에 구파발~임진각 구간 도로 40km를 기존 2차선 구불구불한 도로에서 말끔한 4차선으로 확장 포장하라는 명령이 떨어졌다. 나와 동료들은 설계도면을 지프에 싣고 각 공구별로 일단 현장에 가서 현장 사무실을 짓고 공사작업에 착수를 했다. 구파발에서 임진각까지 40km를 4개 공사 구간으로 나누어 작업을 진행하기 시작했다. 1공구 구파발 쪽은 현대건설이 맡고 2공구 봉일천 구간은 삼부토건이, 3공구 문산까지는 대림산업이, 4공구 자유의 다리까지는 화일산업이 맡아 시공하게 되었다. 2공구는 이일순 계장을 주감독으로, 박노성 기사와 내가 함께 보조감독으로 담당하게 되었다.

통일로 확장·포장공사는 전 공구가 하루 근무시간을 3교대 방식으로 밤낮 가리지 않고 24시간 작업을 원칙으로 하여 추진했다. 즉 장비가 고장만 나지 않으면 계속 작업을 해야 했다. 그러다가 장비가 고장이 나면 즉시 다른 장비를 투입해서라도 3교대로 작업을 수행하는 방식이었다. 나를 포함한 직원들은 늦은 가을임에도 온몸이 땀으로 범벅된 채 매일 아침부터 밤 꼬박 고생고생을 하였다. 그리하여 불가능에 가까웠던 구파발~임진각 구간 통일로를 4차선으로 확장하는 작업을 그해 12월 10일에 모두 끝마쳤다. 즉 공사를 착수한 지 40여 일만에 완공한 것이었다. 토지보상은 정보원에서 해당 면장들을 데리고 직접 해결해 주었기에 공사기한을 크게 앞당겨 완공할 수 있었다. 당시 북한에서도 평양에서 판문점까지 고속도로공사를 시공했다는데 처음 시작은 남한보다 먼저 공사를 시작했다고 한다. 그러나 그들은 콘크리트 포장공사를 재래식 인력으로 공사를 했기 때문에 막바지 공정에서는 남한보다 뒤지게 되고 도로 평탄성 등 품질 면에서도 뒤졌다. 당시만 해도 건설 분야에서는 이미 북한은 남한의 상대가 못 되고 뒤쳐지고 있었다.

어떻든 통일로 포장공사가 거의 마무리 되었을 때 30여 개소의 작은 교량들의 이름을 써서 붙여야 했다. 그래서 나는 중부국에서 함께 출장을 나와 고생을 하고 있었던 고향의 대천중학교 3년 선배로 7급 주사보였던 이한채 씨에게 써달라는 부탁을 했다. 늘 표정이 밝으며 잘 웃는 이 선배는 '후배의 부탁이니 기분 좋게 써주지.'라고 더 밝게 웃으면서 화선지에 한글명으로 교량 이름을 잘 써주었다. 나는 시공회사들에게 교량들의 이름을 전하면서 빨리 교명주 작업을 하도록 했다. 그리고 선배에게 신세를 진 것이 나는 좀 미안해하고 있었는데 마침 4개 시공회사들이 스스로 서예값이라며 3만 원이나 만들어 주어서 나는 선배에게 '고마웠습니다'고 말하며 전해주었다. 선배는 나를 생각해서 봉사하는 마음으로 써주었는데 내가 수고비라며 돈 봉투를 주자 놀라하면서도 좋아했다. 선배님은 너털웃음을 지으면서 기분 좋게 입을 열었다.

"후배는 능력이 좋은데……. 난 바라지도 않았는데 이렇게 큰 돈을 주니 한잔해야지."

"……."

"자! 가자고."

"네, 선배님!"

그는 계속 기분이 좋은지 술좌석에서도 유쾌하게 많은 대화를 했다.

"난 공무원이기도 하지만 개인적으로는 명색이 서예가야. 예술가들은 말이지. 예술의 가치를 인정받을 때 가장 행복한 것이지. 자, 쭉 한잔!"

그날 저녁 두 사람은 술잔을 부딪쳐가면서 제법 많은 양의 술을 마셨지만 기분이 좋아서인지 취하지는 않고 기분만 좋았다. 서로가 좋은 사람과 술을 마시니 마음은 즐거움으로 가득 채워지고 있었다. 그날 나는 선배와 함께 기분 좋게 술잔을 주고받으면서 마음속으로 생각을 했다. '서예가 예술이듯이 고속도로 건설도 예술이야. 실용적인 건설 예술이야!' 나는 또 선배의 말에서 '길 위의 남자'들은 아무리 힘들고 주야간 작업을 하더라도 윗사람들이나 국가에서 도로의 가치를 인정해줄 때 보람과 긍지를 느낀다는 것을 깨달았다. 그래서 공사가 끝나고 내가 수상을 못 해도 주변 동료들이 표창을 받을 때는 함께 기분이 좋았다.

내가 한참 주야간 3교대로 통일로 도로공사 감독에 열정을 쏟아내고 있을 때였다. 아내 초옥이가 돌도 지나지 않은 둘째 호용(鎬容)이를 업고 봉일천 공사 현장 사무실을 찾아왔다. 우리는 그때까지 사당동 산 17번지 집에서 살고 있었다. 내가 불철주야 3교대 작업을 감독하느라 30여 일이나 집에 가지 못했을 뿐만 아니라 봉급도 당시에는 봉투에 넣어 본인에게 직접 현찰로 주던 시절이어서 집에 봉급을 가져다주지 못했으니 아내는 식량이 떨어졌다고 찾아온 것이었다.

아내가 찾아오자 이일순 주감독은 내가 말도 하기 전에 "외출 좀 하라고."라고 빙긋이 웃었다.

"고맙습니다."

나는 약 3시간 정도의 시간을 내어 아내와 함께 근처 호숫가로 가서 매운탕을 하는 식당에서 식사를 했다. 26세의 아내는 늘 청순했고 포근함을 전해주었다. 특히 호수처럼 잔잔하고 조용한 모습의 아내는 그날도 하얀 수국 꽃송이처럼 맑고 곱게 웃으면서 입을 열었다.

"주야간 3교대로 일을 하니 얼마나 힘들어요?"

"괜찮아. 다 같이 함께 하는 일인데……."

"당신은 늘 긍정적인 마음으로 생활을 해서 참 좋아요."

"칭찬을 해주어서 고마워."라고 답했다.

"……."

아내는 역시 미소로 답했다.

나는 식사를 하면서도 호용이를 품에 안아보고 천진한 그 뺨에 아버지의 사랑을 담은 뽀뽀를 해주면서 웃었다. 어렸을 때 가끔 부모들이 '눈에 넣어도 아프지 않은 자식들!'이란 말들을 하던 그 기억을 떠올리며 아들을 보니 그 말의 실제적인 뜻을 이해할 수가 있었다. 더구나 아가는 사랑의 결실이기에 더욱 귀하고 예쁠 수밖에 없었다. 함께 아가를 바라보는 부부의 웃음이 공간에서 꽃으로 피어나면서 연분홍색깔의 하트를 만들고 있었다.

지나가는 종업원 여자도 "아기가 너무 예뻐요."라고 말을 하면서 부러운 듯이 나와 아내를 쳐다보았다. 외출시간이 끝나자 아내는 돌아갔다. 나는 돌아가는 아내의 모습을 바라보면서 마음속으로 늘「보고 싶은 아내」라는 시 한 수를 읊었다.

아내의 앞모습에는
탐스러운 수국 꽃송이가
탐스럽게 피어나더니

아내의 뒷모습에는
외로움의 그늘이

안개처럼 흘러가네.

어쩌랴
길 위의 남자에게
시집을 왔으니
독수공방이 길어도
참으며 살 수밖에 없네.

항상 남편만 바라보고
세상을 살아가듯이
이 내 몸도 아내만 바라보고
살아간다네.

몸은 비록 떨어져 있어도
마음은 언제나 함께 있으니
이 세상 끝까지
동행하며 살아가세.

내가 경부고속도로를 준공하고 중부국으로 발령을 받
아 옥천에 있던 아내와 함께 다시 서울 사당동 17번지 집으로 올라와서 자리를 잡을 때 아내는 둘째 호용이를 임신을 하고 있었다. 그런데 다행인 것은 아내는 첫 아이 호남이 때와는 달리 전혀 입덧을 하지 않았고 잘 먹었다. 그런 아내가 나는 너무나 사랑스러웠다. 산달이 되어 아내는 첫 애 때처럼 조산원과 부금 누이의 도움으로 둘째 아들을 낳았다. 그러자 어머니는 며느리가 아이를 둘이나 키우기 힘들 것이라면서 큰 아들인 3살짜리 호남이를 보령 대천에 가서 키워주겠다고 데리고 갔다. 그렇게 하여 호남이는 5살이 되도록 시골 보령 할머니 댁에서 자랐다. 오랜만에 할머니랑 함께 엄마 아빠가 살고 있는 서울 집에 올라온 호남이는 5살이 되어서도 제 엄마를 제대로 알아보지 못하고 서먹서먹해했다. 어려서부터 오랫동안 떨어져 살았기 때문이었다. 처음 호남이는 제 엄마를 보고는 "아줌마"라고 불렀다. 아내는 그게 마음이 몹시 아팠다. 그녀는 마음속으로 '다시는 자식과 떨어지지 않을 것이야.'라는 생각을 하면서 서운하고 측은한 마음으로 눈물을 글썽였다. 그런 마음은 나도 같았다. 나도 속으로 울컥하여 눈가에 눈물이 잡혔다. 부부는 서로 쳐다보면서 말했다.

"앞으로는 아무리 힘들어도 아이들을 품 안에서 키웁시다."

"그래요."

우리 두 사람은 서로 쳐다보면서 한동안 말을 잃은 채 눈물을 흘리면서 동시에 '품 안의 자식'이 중요하다는 사실을 새삼 느꼈다.

　며칠 뒤 할머니가 혼자서 다시 시골로 내려간 후 우리 부부는 열심히 호남이에게 아버지와 어머니에 대한 이미지 교육을 시켰다.

　내가 퇴근을 한 후 아내가

　"호남아, 엄마 아빠랑 함께 시장가자."라는 말에

　호남이는 좋아서 대답을 하였는데

　"엄마, 장테 가유?"라고 보령 사투리로 대답을 했다.

　나는 또 그 말을 듣고 속으로 '호남이가 보령 촌놈이 다 되었구나'라고 기른 정이 중요하다는 것을 깨달았다. 그래서 그날 우리 부부는 호남이의 손을 양쪽에서 잡게 하고 두 다리를 들어 시장을 향했다. 호남이는 아빠와 엄마의 손을 양쪽에서 잡고 두 다리를 들어 그네를 타는 것처럼 해 주며 시장으로 향했다. 그렇게 해 주니 호남이는 껑충껑충 뛰기도 하는 등 좋아했다. 그렇게 시장을 돌면서 다닌 후 한참 만에 호남이는 비로소 나를 향하여 '아빠'하고 불러보고 또 아내를 향하여 '엄마'라고 부르더니 그 다음부터는 계속하여 '아빠' '엄마'로 자연스럽게 부르기 시작했다.

1973년 5월에 아내는 셋째로 딸 영숙(榮淑)이를 낳았다. 아내는 영숙이를 출산할 때에는 처음으로 병원에 가서 낳았다. 사당동 사거리에 있는 엄 산부인과였다. 병원에 누워 있는 아내의 핼쑥해진 얼굴을 보고 있는 동안 아내가 인생의 한 시절을 너무 고생한다는 생각을 했다. 나는 주변에서 정관수술을 했다는 친구들의 말을 떠올렸다. 그리고 아내가 애들 낳느라 힘들고 어려워하는 모습이 눈앞에 커다랗게 나타나서 한동안 사라지지 않았다. '그래, 답은 정관수술이야.'라고 나는 마음을 정하고 있었다. 나의 의견에 아내도 긍정적으로 받아들였다.

마침 병원에 누워있는 아내를 만나고 회사로 출근을 하고 있는데 시청 앞에서 적십자 마크를 달고 있는 간호사들이 나를 보고는

"자녀가 몇이에요?"라고 물었다.

그 당시 나라에서는 일정한 자녀를 둔 남자들에게 전국적으로 정관수술을 권장하고 있었다.

"3남매예요."라는 말에 간호사 한 명이 가까이 오면서 말했다.

"서대문 JS 병원에 가서 정관수술을 하셔요."라고 했다.

그래서 나는 기꺼이 승낙서를 쓰고 나서 그 길로 바로 병

원으로 가서 시술을 마쳤다. 그 시절에는 정관수술을 하면 아파트 분양 시 우선권을 주는 특혜도 있을 때였다. 그 덕에 우리도 과천에 아파트 410동 102호를 당첨 받을 수가 있었다.

우리 중부국 국도과 소속 감독들은 몸을 아끼지 않고 3교대로 근무를 하여 그해 12월 10일 통일로 공사를 마무리 지었고 정부를 대신하여 대한적십자사에서도 역사적인 남북적십자 회담을 무사히 잘 끝냈다. 그 뒤 공사감독을 했던 직원들은 다시 국도과로 복귀를 해서 본연의 직무를 열심히 수행하여 동료들이나 윗사람들로부터 두터운 신임과 인정을 받았다.

그런데 나는 1973년도부터 당시 국도과장 고준영 과장의 각별한 신임을 받아 중부국 국도과의 총괄 계획업무를 담당하게 되었다. 계획 업무는 당시 내 7급 직급으로는 실로 막중하고 대단히 중요한 업무였다. 힘들고 어려움이 있었지만 윗사람으로부터 신임과 인정을 받았다는 사실이 나는 속으로 기뻤다. 그래서 더욱 열심히 해야 하겠다는 생각을 했다.

전국에 있는 5개 지역의 지방국토건설국 국도과에도 총괄 계획업무를 담당하는 직원은 있었지만 모두 6급 토목기사가 업무를 보고 있었다. 그래야 과내 동료 공무원들의 통제가 잘 되고 업무도 잘하게 되어 있었다. 그러나 고준영 국도과장은 7급인 나에게 국도과 계획업무의 총괄은 물론 국도과 내의 비용문제까지도 해결하거나 처리하도록 지시를 했다. 돈 문제는 나로서는 부담이 되는 업무였지만 성실 근면형인 나는 윗사람 과장이 믿고 맡기는 업무지시를 따를 수밖에 없었다. 할 수 없이 나는 과비용이 필요하다고 하면 지하실 청사진실 아저씨에게 그 당시 유행하는 월 10%의 고율 달러이자를 주고 돈을 융통하여 비용을 처리했다가 나중에 직원들의 동의를 받아 출장비 중에서 공제를 하곤 했다.

그 당시 내가 계획업무를 보면서 설계심사를 한 공사들은 덕소~양평 간 포장공사를 비롯하여 워커힐~구리 간 도로포장 등이었다. 특히 양수대교가설 공사는 6·25를 상징하기 때문에 당시 양평군수인 이주일씨가 교량 연장을 625m로 해달라고 요청하자 상사들과 상의를 하여 요청을 들어주었다. 또한 양평~용문 간 도로포장, 대덕연구단지 도로축조 및 포장공사, 공주~부여 간 포장공사, 홍성~해

미 간 포장공사 등 많은 공사의 설계심사도 주관했다. 새
로운 길 위에서 생활을 하여야 하는 나의 보람은 많은 역
경 속에서도 항상 실수가 없도록 최선을 다하여 성공적으
로 업무를 처리했다.

승진과 전보

그렇게 나는 국도과에 근무를 하면서 어렵고 무척 힘들었던 계획업무를 열심히 수행했는데 그 결과로 1975년 4월에 토목기사보(7급)에서 토목주사(6급)으로 승진했다. 승진에 대한 기쁨은 컸고 제일 기뻐해 준 것은 아내였다. 나는 내 승진 사실을 제일 먼저 아내에게 알리고 싶었다. 이 세상에서 가장 소중한 아내는 나와 같은 여보(보배 같은 사람)요 당신(내 몸과 같은 사람)이며 나의 희망이었기 때문이었다.

아내는 함박꽃처럼 웃으면서 입을 열었다.

"여보! 승진을 진심으로 축하해요."

"당신에게 축하 인사를 받으니 가장 행복해요."

둘은 서로 손을 마주잡고 마주보면서 함께 기쁨을 나누었다. 두 사람 사이에 사랑의 무지개가 아름답게 피어오르고 있었다.

나는 승진과 동시에 한강홍수통제소 조사과로 발령을 받

았다. 당시 한강 홍수통제소는 중부국에서 기술직공무원들이 승진하면 우선 배치되는 하위 기관이었다. 한강홍수통제소에는 강원, 충북, 경기 등 북한강과 남한강 각 지역의 강수량 관측 및 통제를 관장하는 전산실이 있었고 당시로서는 최신 설비인 컴퓨터를 가지고 업무를 보았다. 전산실에는 대학 PSCC 친구였던 정인성 기사가, 조사과에는 이상태 기사가 승진하여 근무를 하고 있었다.

그 시절 한강홍제통제소는 특별한 수해만 없으면 연중 업무가 별로 없는 한가한 곳이었다. 그래서 사무소 지하실에 여러 개의 탁구대를 설치하고 직원들이 열심히 탁구를 치는 등 비교적 한가한 기관이었다. 그러나 그해 여름 나는 동료 직원들과 함께 무인 강우량 측정계가 설치되어 있는 경기 용문산(1,157m), 충북 백운산(1,096m) 등 산 꼭대기까지 올라가서 일을 보아야 했다. 무인 자동 강우량 측정계의 건전지를 교체해야 했기 때문이었다. 힘은 들었지만 높은 산을 올라가야 했기 때문에 자연스럽게 등산을 해야 하고 운동이 되어 좋았다. 그러다가 매년 여름 6, 7, 8월 장마철에 홍수가 나게 되면 바로 CPX체제로 들어가서 장관님 등 윗사람들에게 각 지역 강수량 결과를 보고하고 KBS 등 매체에도 통보하여 주는 등 바쁘게 추진하는 것이

홍수통제소의 중요한 임무였다.

그 당시 나는 사당동 산꼭대기 산 17번지 동네에서 살다가 아래쪽으로 내려와 아리랑 주택단지로 이사를 온 후였다. 우리는 그 집을 410만 원에 샀는데 그 돈 중에서 약 100만 원은 부모님이 시골집을 팔아 지원을 해주었다. 나는 그 집의 건넌방을 비워두고 부모님들을 시골에서 올라와 사시도록 했다. 하지만 부모님들은 비교적 넓고 확 트인 시원한 시골에서 사시다가 좁은 곳에 오셔 살게 되니까 '답답하다.'며 힘들어 하셨다. 더구나 더운 여름철에는 무척 덥고 공간이 비좁아 불편한 생활을 하게 되니 자식 된 도리로서 고생을 하는 부모님께 송구스럽기만 했다.

그리고 내가 중부국 국도과에 근무를 할 때에는 현장으로 출장이 많아서 출장비도 비교적 많았고 속된 말로 용돈이 좀 여유가 있었는데 홍수 통제소는 출장 횟수가 적으니 출장비마저 적어서 생활하기가 무척 어려웠다. 그러다 보니 부모님께 용돈을 조금씩 드려야 하는 아내는 많이 힘들어 했다.

한번은 아내가 성환에 있는 친정집을 찾아갔다 왔다고

했다. 당시 처갓집은 성냥공장을 하고 있었는데 비교적 부유한 편이라서 친정에 가서 식량이라도 좀 얻어올까 하는 생각으로 찾아 간 것이었다.

그러나 아내가 찾아가자 성냥공장 종업원들이

"야, 서울로 시집을 간 부잣집 딸이 왔대."

"그래?"

"무얼 사가지고 왔을까?"라며 자기들끼리 떠드는 것을 보고 아내는 그냥 돌아서야 했다.

장모님이 "왜 왔니?"하고 물어 봐도 아내는 "그냥, 엄마 보고 싶어서"하고는 바로 돌아서 집에 올라왔다고 했다. 아내는 혹을 떼러갔다가 혹을 부치게 되는 꼴이 되어 왔다며 말했다.

"차비만 없애고 빈손으로 와서 당신한테 미안해요." 아내가 말해서

"별 소리를 다하네? 난 그냥 친정에 다니러 간 줄로 알았어요."

"어떻든 죄송해요."

"돈을 적게 벌어오는 내 잘못이 더 커요."라고 나는 아내에게 위로의 말을 해 줬다.

우리 부부는 서로가 서로를 위로하면서 가난한 생활 속에서도 용기와 희망을 잃지 않고 꿋꿋하게 지내고 있었다.

사실 작은 봉급에 애들이 셋으로 늘어나자 경제적으로 어려움이 많이 생기고 있었다. 하루는 저녁을 먹는데 아내가 입을 열었다.

"앞으로 아이들은 점점 커 가고 써야할 돈은 늘어나는데 걱정이에요."

"……."

나는 죄인처럼 할 말이 없었다.

아내는 이어 "우리 같은 공무원은 어느 집이나 비슷하겠지만 그래도 당신 봉급만으로는 곤궁한 살림이 뻔한데 당신은 직장 일이 끝나고 가진 것도 없으면서 친구들과 매일 저녁때 술을 먹고 퇴근을 하니……."

아내는 나를 붙잡고 훌쩍거리며 울었다. 사실 나는 매일 술을 먹은 것은 사실이었지만 회사에서 야근을 자주 했고 가끔은 동료들과 선술집에서 한두 잔을 하고 집에 온 것은 사실이었다. 그래서 더욱 할 말이 없어 입을 다물고 있었다.

"아무래도 제가 무슨 일이든 해봐야 할까 봐요."

한참 후 아내가 입을 열었다.

"……."

나는 아무 말 못하고 있었다.

그때부터 아내는 많고 적은 것을 떠나서 어떻게 해서라

도 생활비를 벌겠다면서 발품을 팔기 시작했다. 아내는 주변에서 이것저것 무엇이든지 돈이 되는 일을 하기 시작했다. 처음에는 근처의 새마을 공장에 가서 뜨개질 품을 얻어다가 낮이고 밤이고 쉴 새 없이 뜨개질을 하여 손이 부르트도록 일을 하면서 푼돈을 챙겼다. 나는 아내의 정성에 마음의 고개가 숙여질 뿐이었다. 그렇게 가난한 생활 속에서 지내다가 한강통제소를 약 3개월간 근무를 한 뒤 1975년 7월경에 새롭게 발족하는 충남국토관리청으로 발령을 받았다.

충남청은 새롭게 생기는 기관이어서 중부국에서 이미 계획업무를 봤던 나는 남궁욱 국도과장에게 그 실력을 인정받아 어려운 보직 경쟁에서도 국도과에 발령을 받을 수 있었다. 더욱 기쁜 것은 중부국에서 함께 내려간 조항구와 기간도로사무소에 근무하던 김명조 두 사람도 나와 함께 국도과로 발령을 받고 근무를 하게 된 일이었다. 나는 국도과에서 계획업무를 보면서 겸하여 대덕전문연구단지 내 도로축조 및 포장공사의 감독업무를 임명받았고 함께 발령을 받은 조항구 기사는 홍성(갈산)~서산 간 도로포장 감독으로 김명조 기사는 ADB 2차 차관공사인 강경~논산 간 도로포장공사 감독으로 임명받았다. 그런데 그 당시 꼼꼼한 성격

의 남궁욱 국도과장은 조항구 기사의 좀 섬세하지 못하고 엉성한 구석이 있는 걸 미덥지 않게 생각을 해서인지

"조 기사, 설계변경을 해오려면 반드시 최광규 기사의 심사를 받아오도록 해."

라는 엄명을 내렸다. 나는 윗사람의 명령이기에 심사를 하곤 했지만 같은 직급이면서 동료인 조항구에게는 미안하다는 생각이 들었다. 하지만 마음 한 구석에 과장님이 내 자신의 실력을 인정한다는 것에 대하여서는 열심히 해야겠다는 자부심도 있었다.

내가 감독을 맡고 있던 대덕연구단지 내 도로공사는 박정희 대통령이 1970년대 초 우리나라 최초의 연구단지를 만들어 최신 과학기술 발전의 꿈을 이루려고 하였던 단지 내 도로연결 사업이었다. 그래서 특히 대통령이 많은 관심을 갖고 자주 순시를 오던 지역이어서 현장관리에도 많은 주의와 신경을 써야 했다. 일단 대통령이 순시를 나온다고 연락이 오면 나는 계획업무를 보다가도 바로 현장으로 달려가서 현장소장 이하 전 직원을 동원하여 대통령이 통과하게 될 도로구간을 말끔하게 정리를 해야 했는데 그런 일이 잦아서 힘들었다.

내가 충남청으로 발령을 받아 대전으로 전근을 가게 되자 아내는 이번에는 당시 대전에서 개발붐이 일어났던 대전 가양동과 성남동 등 그곳 개발지역을 돌아다니면서 손과 발이 부르트도록 땅을 보러 다녔다. 그래서 당시만 해도 부동산에 별로 관심이 없었던 시절 아내는 땅을 사거나 팔면서 부동산 일을 하여 돈을 좀 모았다. 더욱 내가 감동을 받은 것은 실제적으로 발품을 파느라 힘들고 몸이 녹초가 될 정도인데도 조금도 그 내색을 하지 않고 힘이 들지 않는 것처럼 계속 발품을 심하게 팔고 다니고 있었다.

아내는 가정을 위하여 살아가려는 의지가 대단했다. 내가 더욱 놀란 것은 여자의 몸으로는 어려운 건축에 뛰어들어 별로 건축실력은 없었지만 끈기와 집념으로 40대의 박 목수 등 젊은 건축기술자들과 힘을 합쳐 집과 건물을 여러 채 새로 지어 팔았던 것이었다. 오죽하면 아내에게 '충청도 또순이'라는 별명이 붙을 정도였다.

아내의 손과 발은 계속 부르튼 상태였고 몸이나 얼굴 모습은 여자가 아니라 사내대장부의 인상이었다. 햇볕에 그을린 얼굴은 구릿빛이 되었고 작업복을 입은 모습은 영락없이 건축업에서 막노동을 하는 사람과 똑같았다. 나는 그런 아내를 보면서 늘 가슴이 찡했다.

"집을 한 채도 짓기 어려운데 건물 여러 채를 짓고 팔려고 하니 당신 건강이 걱정이에요. 건강을 먼저 생각하셔요."

"……."

그래도 아내는 퇴근하여 집에서나 마주하는 남편을 향하여 조용히 미소만 지었다. 나는 아내의 건강이 걱정되었다. 나는 그때의 내 속마음을 「일꾼 아내」라는 시 한 수에 담아 노트에 적었다.

오늘도 아내는
흔히 여자가 바르는
화장품 대신
선크림을 바른다.

친구를 만나거나
나들이를 위한
옷 대신 작업복을 입는다.

가정에서는 주부이지만
건축 현장에서는

막노동꾼이 된다.

아내가 가는 길은
막힌 곳이 없다.

집을 지을 수 있다면
들판을 지나
강도 건너고
산도 넘으며
일꾼들을 지휘하여
지붕을 맞들고 기둥을 세우며
벽돌을 쌓는다.

아내의 생활 터는
집을 짓는 곳이다.

아내는 집을 짓기 위하여
건축현장을 뛰어 다니면서도
지칠 줄을 모르는
불사조로 살아간다.

그날은 내가 야근이 없는 날이었다. 퇴근시간이 되어 직장을 나와서 아내의 건축 현장에 들렀다. 그때까지도 아내는 땀을 흘리면서 벽돌을 나르고 있었다.

나를 보자 달려와서 아내가 말했다.

"벌써 퇴근하셨어요?"라며

"제 건강을 걱정하는 당신의 마음을 알아요."

"……."

나는 말없이 아내의 두 손을 잡았다. 포근하고 아름다움이 느껴졌던 그 고왔던 손마디가 거칠어지고 심지어는 멍까지 들어 있었다. 나는 눈물이 핑 돌았지만 입술을 꾹 깨물고 아내에게 미소만 지어주었다. 아내도 그냥 조용히 웃어 주었다. 우리는 이심전심으로 서로가 서로를 알고 있었다.

둘은 오랜만에 나란히 걸었다. 조금 걷다가 눈에 보이는 포장마차에 들어갔다. 소주를 시켜 술잔을 부딪쳐 가면서 주거니 받거니 마셨다. 아내는 술을 잘 못하지만 남편의 대작 상대가 되어 조금씩 마시고 있었다.

"당신, 이 못난 남편 때문에 고생이 많아요."

"당신은 별소리를 다 하셔요?"

"내가 좀 더 능력이 있다면 당신은 집에서 살림만 해도 되는데……."

"저는 지금도 결혼식 때 주례선생님의 말이 생생해요."
아내가 입을 열었다.

"그래요?"

"네. 부부생활이란 인생의 길을 가는 데에 바퀴가 똑같은 수레를 끄는 것과 같은 것이다. 수레바퀴의 크기가 한쪽이 크거나 한쪽이 작으면 수레는 앞을 향하여 나아가지 못하고 그 자리에서 빙빙 돌기만 한다. 수레바퀴가 똑같을 때만 그 수레는 목적지를 향하여 갈 수 있다."

"당신 참 대단하네요. 당신 말을 듣고 보니 나도 주례님 말씀이 생각나는 것 같아요."

이어 아내는 "주례님은 이런 말도 했어요. 부부는 바라보는 방향이 같아야 목적지를 향하여 즐겁게 갈 수가 있다." 라고 말했다.

내가 "여보! 당신은 참으로 나에게 고마운 아내요."라고 말하자 아내는

"당신도 제게는 고마운 남편이에요."라고 대답했다.

"하하하."

"……."

내가 기분이 좋아서 큰소리로 웃는 데 비하여 아내는 나를 바라보면서 잔잔한 호수가 주변의 사물을 품에 안아주듯 순정의 마음으로 미소를 지었다. '내 아내는 참 순수한

여자야! 그런데 이렇게 순수한 여자가 어떻게 그 거친 집 짓기를 하는 것인가?' 나는 내 자신에게 질문을 던져보았다. 그리고 그 답은 곧 나왔다. '바로 그거야! 남편을 사랑하고 자식들을 잘 기르기 위한 경제적인 준비와 가정의 행복을 쌓는 강한 마음 때문이야.'라는 생각을 하자 아내가 더욱 고마웠다. 우리는 집을 향하여 다정하게 걸어갔다.

그러다가 아내는 계속되는 집짓기 일을 한 탓인지 그만 건강을 잃어 겨우 삼십 대 말에 불과한 나이에 허리 쪽으로 이상이 생겼다. 아침에 제대로 일어나지를 못하는 것이었다. 나는 너무 놀라 아침 준비를 함께하여 식사를 한 후 즉시 아내를 데리고 대전의 유명한 한방병원으로 갔다. 의사의 치료를 받았지만 아내의 허리 병은 한동안 나를 불안하게 하고 또 아내 자신을 걱정의 늪으로 빠지게 했다.
입원을 한 날부터 아내는 꼼짝을 못했다.
"걱정 말아요. 곧 나을 것이에요."라며 나는 아내를 위로해 주었다.
"그럼요! 저도 곧 일어날 것이라고 믿어요." 아내도 그렇게 생각을 했다. 나는 아내를 위하여 용기를 주었고, 아내는 자신의 병이 곧 낫게 될 거라고 긍정적으로 생각을 하며 지냈다. 그러나 아내는 한방병원에 누워 거의 보름 이상을 어렵게 치료를 받았다. 그런데 그동안 어린 애들을 학교에 보내야 하고 나 자신도 낮에는 직장을 나가야 하는 입장이어서 아내가 없는 집안은 꼴이 아니었다. 그리고 아내의 존재가 너무 귀하다는 것을 느꼈다. 그러나 집안의 형편보다는 아내가 빨리 회복되는 것이 가장 중요했다.

나는 아내에 대한 고마움과 아내가 없어 힘들었던 순간을 「아내의 빈자리」라는 한 수의 시로 표현을 했다.

아내가 병원생활을 하면서
집안은 꼴이 아니었다.

집 안팎이 어지러워지고
아이들이나 아버지나
생활의 리듬이
흐트러지고 있다.

있을 때 잘하라는
이웃들의 말이
메아리로 되돌아와서
바람처럼 몸 안을 흐른다.

아내의 빈자리가

너무 커서

더욱 귀하게 생각되는

아내의 모습이

허공에서 미소를 짓는다.

걱정 말아요.

곧 갈게요.

아내의 빈 자리 속에서

아내의 사랑을

뜨겁게 깨닫는다.

아내가 그 어려운 시기를 치료 잘 받으며 버텨주었던 사
실이 너무 고마웠다. 아내가 그렇게 고생을 하면서 우리
집안 생활 형편도 점점 나아지기 시작했다. 그 당시는 우
리는 사당동 집을 전세로 준 후 그 돈으로 대전에 있는 선
화동에 방 2개짜리를 전세로 얻어 살게 되었는데 부모님과
애들이랑 모두 함께 살았기 때문에 나는 심적으로는 편안
해졌다. 다만 내가 걱정한 것은 아버지가 심심하실 것이라

는 생각이었다. 아버지는 심심한 시간을 때우려고 가끔 대전의 공원에 산책을 갔다. 그리고 공원 벤치에 앉아 오가는 산책객들을 바라보면서 시간을 보내고 있었다. 그때 잘 생긴 30대의 사내가 아버지에게 말을 걸었다.

"할아버지! 옆에 좀 앉아도 돼요?"
"긴 의자인데 앉아요."
그가 아버지 곁에 앉자마자 땅바닥에서 백금 반지를 하나 주웠다.
"아니, 세상에 누가 백금 반지를 잃어버리고 갔네요."
아버지는 "자네는 오늘 횡재했네."라고 그 사람을 부러워했다.
"그러게요. 그런데 할아버지도 좋은 금반지를 끼셨네."
"내가 아끼는 거야."
"저도 할아버지뻘 되는 나이를 잡수신 외할아버지가 계셨는데 지난 해에 돌아가셨어요."
"저런!"
"무척 저를 사랑을 해주셨는데…… 할아버지, 이 백금 반지는 할아버지가 끼신 반지보다 훨씬 비싸요."
"이 금반지도 5돈짜리인데 엄청 비싸지."
"하지만 이 백금 반지는 할아버지가 낀 금반지 5돈보다는 5배나 더 값이 나가는 거예요."

"그렇게나 많이 나가나?"

"네."

아버지도 평소에 백금 반지가 귀하다는 말을 들은 터라 그 사내가 부러웠다.

그런데 그때 그 사내가 말했다.

"할아버지, 사실 저는 국무총리를 지냈고 지금은 국회의원인 김종필 씨의 조카에요."

"김종필 씨 조카?"

"네."

"……."

그 사람이 유명한 김종필의 조카라는 말에 아버지는 그 젊은이가 부러웠다. 그렇게 훌륭한 집안의 사람과 대화를 한다는 그 자체가 싫지가 않았다.

그때 사내가 입을 열었다.

"이 백금 반지는 기껏 해봐야 돈 오백만 원밖에 안 돼요. 주운 유실물이니까 법적으로 따지면 당국에 신고를 해야 하는데 할아버지와 단둘이만 아는 것이니 그냥 할아버지 드릴게요."

"아니? 아니여."

아버지가 뭐라고 말을 하기 전에 사내는 주운 백금반지

를 아버지의 손에 쥐어 주고 일어나 뒤돌아서 갔다. 그리고 한 10여 발자국 가더니 "아! 백금 반지에 비하면 그 금반지는 별것 아니니까 기념으로 저에게 주실래요? 그런 말이 있잖아요? 옷깃만 스쳐도 인연이라고요. 이 세상에 수십억의 인구가 있는데 오늘 할아버지랑 제가 이렇게 만났다는 것 자체가 기적적인 인연이 아니겠어요? 저도 오늘의 인연을 간직하고 싶어요."

"그럴까 그럼."하고 아버지는 5백만 원대 백금 반지를 받은 차에 백만 원도 안 되는 금반지를 기념으로 달라는 말에 별 생각 없이 빼 주었다.

그가 사라지자 아버지는 이상한 생각이 들었다.

'아무리 김종필씨의 조카이고 돈이 많다고 해도 이 비싼 반지를?'하는 생각이 들자 즉시 근처의 금은방을 찾아갔다.

"이 반지 감정 좀 부탁해요."라고 아버지가 말하자

"그러죠." 금은방 주인은 친절하게 말을 하고는 감정을 했다.

그러더니 단 몇 초도 안 되어 척 보더니 입을 열었다.

"어디서 났는지 모르지만 가짜예요. 노점상에서 파는 싸구려 반지예요."

"……."

놀란 아버지는 할 말을 잃었다.

허망한 마음으로 금은방을 나오니 온몸의 힘이 쭉 빠지고 두 다리에 힘이 하나도 없어서 근처의 의자에 잠깐 앉아 있다가 집으로 돌아왔다. 아버지는 사기를 당한 것이었다. 사내가 주고 간 백금반지는 금은방의 주인이 말한 것처럼 300원짜리 노점상들이 파는 가짜였다. 그 젊은이는 충청도뿐만 아니라 전국에 다니면서 당시 유명한 국무총리 김종필이란 이름을 팔아서 교묘하게 사기를 치고 다녔다. 아버지는 아들 보기가 창피해서 말은 하지 않았지만 72세를 넘긴 나이에 너무 신경을 쓰다 보니 스트레스가 쌓여 머리가 아팠고 심지어는 코피까지 흘렸다고 했다. 아버지 마음이 얼마나 아팠을 것인가! 그런 아버지의 마음을 위로하기 위하여 나는 그날 저녁에는 아내보고 가게에 가서 술을 사 오라고 해서 아버지께 따라드리며 위로해 드렸다.

충남청은 1976년 봄 포장공사의 감독기술을 인정받아 충남도청에서 발주한 대전~금산 간 도로포장공사를 위탁받아서 공사감독을 대신해 주게 되었다. 국도과에서 나와 동료직원 한 명이 도청 도로과 직원 1명과 함께 3명이 대전에서 금산까지 약 30㎞를 3개 공구로 나누어 감독을 하

게 되었다. 당시 공사를 한 회사는 1공구는 현대건설, 2공
구는 벽산건설, 3공구는 풍림산업 등이었다. 나는 현대건
설이 맡은 1공구 공사구간을 감독하게 되었다. 승인을 받
아 1공구 현대건설 구간에 총 감독 사무실을 만들었고, 도
지사 등 윗사람들이 오면 나는 전 구간의 공사현황을 총괄
하여 설명을 드리는 역할을 했다. 그런데 벽산건설이 시공
하는 2공구 추부면 소재구간에서 사고가 났다. 포클레인
기사가 점심시간에 혼자서 작업을 하다가 금산 우주국에서
서울 간 직통 광케이블을 잘라먹는 실수를 한 것이었다.
대전전신국에서 즉시 나와 응급복구를 하였지만 당시 2공
구 시공사인 벽산건설 측은 전신국에 큰 피해를 보상해 주
어야 했다. 언제나 공사장에서의 안전사고는 특히 주의를
해야 한다.

그 공사를 마치고 나는 감독을 잘했다는 공로와 성실성을
인정받아 모든 감독들을 대표하여 1977년 4월 당시 충남
정석모 도지사의 표창을 받게 되었다. 나는 함께 감독을 했
는데 혼자 표창을 받는 것 같아 동료들에게 미안하여 소주
를 샀다. 모든 동료들과 술을 마시면서 함께 이런저런 이야
기들을 나누는 자리에서 내가 입을 열었다.
"여러 동료 기사들과 함께 일을 했는데 나만 표창을 받으

니 좀 그러네.”

내 말을 이어 그들은 자신들의 진심을 말했다.

“무슨 소리야! 최 기사님은 면전에서 이런 말 하기는 그런데 솔직히 실력이 있어.”

“그래 맞아. 나도 그 실력을 인정해.”

“그리고 술김에 이야기하는데 솔직히 우리도 함께 감독을 했지만 항상 최 감독은 옆에 있다고 하는 말이 아니라 진짜 농땡이를 몰랐어. 우리는 가끔 담배도 피워가면서 노닥거리기도 하고 일을 했는데 최 감독은 오늘 하지 않으면 할 수 없는 것처럼 열과 성의를 다했어. 우리도 최 감독의 그런 점은 앞으로 본받아야 할 거야.”

“자, 그런 의미에서 우리 다 함께 브라보우!”

“…….”

나는 눈앞에서 동료들의 칭찬을 받게 되자 쑥스러웠고 미안하기까지 했지만 그들의 진심은 알 수 있어 기분이 좋았다. 그날 집으로 향하는 나의 발걸음은 가벼웠다. 집에 들어가서 아내에게 표창장을 보여주자 아내가 말했다.

“당신은 집에서나 밖에서나 항상 성실하고 열심히 하는 모습이 눈에 선하게 보여요.”

“…….”

나는 쑥스러움으로 말없이 웃기만 했다. 다만 나의 성실성과 열정, 그리고 진심을 알아주는 아내가 무척 고마웠다.

1977년 7월에 나는 건설부 인사발령에 따라 건설부 감사관실로 발령을 받았다. 감사관실은 건설부 본부와 산하 9개 지방청의 공사결과 등을 정기적으로 감사하였고, 또 한국도로공사, 산업기지개발공사(현 수자원공사), 주택공사 등 3개 국영기업체 등을 감사하는 부서였다. 당시에는 아직 토지공사는 설립되지 않았다. 나를 비롯한 직원들이 감사를 나갈 때는 몇 명씩 조를 이루어 주로 각 도청에 위치한 국도관리청과 포항, 울산, 여수 등 수자원공사의 산업단지 개발사업과 아파트 등 주택공사의 주택건설 사업에 대하여 정기적으로 감사를 실시했다.

1977년도 8월 과장님은 장관님의 지시를 받아 전국 각 도에 산재하여 있는 19개의 국도사무소에 대한 정밀 감사를 실시하라고 지시했다. 감사 후 과장님은 나를 그 후부터는 한동안 감사 출장은 보내지 않고 대신 국도사무소 감사결과를 잘 요약하여 장관님에게 보고할 수 있도록 하라고 했다. 박경환 과장님은 그 자신도 성실했지만 나의 성실성에 무척 신뢰를 하고 있었다. 그리고 잘 정리된 내용을 내가 글씨를 잘 쓰니까 차트글씨로 쓰게 하여서 장관께 보고를 하였고 장관으로부터 많은 칭찬을 받았다. 그리고 특히 우리 건설부 감사담당관실은 감사원이 인정하는 우수 감사 기관도 되었다. 1977년 그 공로로 나는 장관님의 표창을 받았다. 표창이야 일을 잘했다는 뜻이므로 누구나 마음이 즐겁듯이 나도 기분이 좋았다.

감사과에 근무하는 동안 1977년 가을에 나는 감사반 조장 박경부와 동료직원 2명과 함께 제주청으로 감사를 하기 위하여 떠났다. 오후 쯤에 목포에서 연락선을 타고 갔다. 목포 항구를 벗어나고 진도를 거쳐 항해를 하자 파도가 제법 일었다. 추자도에 도착했을 때 황혼이 져가고 있었다. 황혼에 물든 추자도는 황금빛이었다. 나는 갑판 위에서 그 황금빛을 바라보았다. 태양과 파도와 갈매기 그리고 황혼빛이 어울려 새로운 미를 자연적으로 창조해 내고 있었다. 멀리 제주도의 한라산이 그 모습을 드러내고 있었다.

한라산! 남한의 제일봉을 멀리서나마 바라보니 감개무량했다. 동료들은 오는 휴일에 한라산을 올라 피로를 풀자고 이구동성으로 떠들어대고 있었다. 제주항구에 도착했을 때는 어둠이 내리고 있었다. 나와 일행은 모두 숙소에 들어가 짐을 푼 다음 곧 다음날 진행할 감사를 대비하여 법령, 감사규칙, 감사 방법 등을 협의하고 점검을 한 후 수면을 취했다. 우리는 법과 규칙에 의거하여 원칙대로 감사를 진행했다. 서류를 점검하면서 일일이 사실대조를 하거나 담당 업무자를 대면하여 확인을 하고 필요시에는 현장을 가서 심사를 해야 하는 감사였기에 신경이 쓰이고 특히 눈에 피로가 심하게 왔다.

그러나 감사 중간에 휴일이 있어 일행은 여객선에서 떠들었던 대로 머리 아픈 피곤을 풀 겸 한라산에 등반하기로 했다. 제주청 직원의 안내를 받아 새벽에 제주시 오라동에서 출발을 하여 산천당에 도착했다. 한라산에서 솟아오르는 천연수가 청정하게 아름다웠다. 일행은 모두 그 천연수를 마시면서 세속에서 묻은 때가 씻겨져 가는 기분을 느꼈다. 일행은 계속 등산을 계속하여 관음사에 도착했다. 한라산은 숲으로 관음사를 품 안에 안고 있었다. 산새소리, 물소리, 바람소리가 마치 천상의 세계에 와 있는 듯 오감이 순수미로 채워지는 느낌이었다. 관음사의 천연수를 마신 후 다시 산행을 계속했다. 정상에 가까워지자 작은 열매인 시로미(시러미)가 달린 상록관목 나무들이 보였다. 언뜻 보면 까만 콩처럼 보이는 자빛을 띤 열매는 10~20㎝의 나무에 주렁주렁 열려 있었다. 제주청에 근무하는 직원이 안내하다가 먼저 발견하고는 외쳤다.

"야! 여기 시로미 열매가 있어요. 마침 목이 마른데 따 먹으세요."

"혹 독성이 있는 것 아냐?"

한 동료의 물음에 "전혀~! 약재요, 약재. 위장질환 및 당뇨질환에 효능이 있고 자양 강장에도 효과가 있어 활력을 돋아 주지요. 허약체질에 몸을 보하는 효능이 있으며 신경계통 질환과 두통에도 좋고 진정제 역할을 하기도 해요."라고 제주청 직원이 대답했다.

"그래?"

"와!"

모두 달려들어 따 먹기 시작을 했다.

시큼하면서도 시원하여 마른 목을 시원하게 적셔주었다. 한참을 따서 먹다가 다시 정상을 향하여 걸었다.

걸어가면서 제주청 직원은 계속 입을 열었다.

"오늘 시로미 열매를 먹었으니 여러분은 모두 건강하게 장수할 겁니다."

"그래?

한 동료가 말을 받았다.

"지금으로부터 약 2,200여 년 전 한, 위, 조, 제, 연, 진, 초의 7국을 최초로 통일한 중국의 최초 황제 진시황제 있잖아요?"

"웬 역사이야기야?"

"역사이야기도 되겠지만 우리가 방금 따 먹었던 열매인 시로미에 얽힌 이야기를 하려는 겁니다."

"시로미?"

"예. 진시황제는 중국 천하를 다스리게 되자 오래오래 그 권력을 누리고 싶었고 그러자면 건강하게 장수를 하고 싶어서 불로장생에 대한 집념으로 서복이라는 신하에게 명하여 불로초와 불사약을 구해오게 하였대요. 진시황의 충복인 서복은 그 불로초와 불사약을 구하려고 천하를 떠돌아다니다가 동쪽 반도 끝으로 오게 되었고 영산인 한라산의 모습에 눈길이 갔대요. 서복은 한라산을 누비면서 불로초를 찾았으나 끝내 발견하지 못하고 그냥 돌아갔는데 후세 사람들은 그가 찾지 못했다는 그 불로초가 한라산의 시로미라고들 한대요. 결국 오늘 불로초를 먹었으니 장수할 겁니다. 하하하! 어떻든 서복이 서쪽으로 돌아간다는 기념비를 서귀포에 남기고 갔기 때문에 서귀포는 서쪽으로 귀향한다는 뜻이 됐대요."

"아! 시로미에 얽힌 역사가 그렇구나!"

그때 어디선가 제주의 민요 오돌또기가 바람결에 들려오는 것 같았다.

"둥그대당실 둥그대당실/너도 당실 원자 머리로/
달도 밝고 내가 머리로 갈거나/오돌또기 저기 춘향
나온다./달도 밝고 내가 머리로 갈거나/둥그대당실
둥그대당실/너도 당실 원자 머리로/달도 밝고 내가
머리로 갈거나/한라산 허리에 시러미 익은숭 만숭/
서귀포 해녀는 바당에 든숭 만숭/둥그대당실
둥그대당실/너도 당실 원자 머리로/달도 밝고
내가 머리로 갈거나/둥그대당실 둥그대당실/
두리둥둥둥둥둥 둥그대당실~~"

대화를 나누는 동안 드디어 한라산 정상인 백록담에 도
착했다. 그런데 동료들은 백록담을 보는 순간 무척 아쉬움
을 느꼈다. 우리는 백록담에 넘실거리는 파란 호수를 기대
했었다. 그러나 호수 대신 움푹 파인 백록담 중앙에는 흙
탕물이 조금 고여 있었을 뿐이었다. 그래도 일행은 한라산
정상에 올랐다는 기쁨으로 환호성을 지르면서 등산의 가치
를 감동으로 느끼고 있었다. 특히 제주도 전체를 삥 둘러
볼 수 있어서 좋았다. 서귀포는 바로 눈앞에 있는 것처럼
가깝게 보였다. 백록담 아래로 하얀 뭉게구름이 흘러가고

170

있었는데 뛰어내리면 두둥실 떠서 드넓은 하늘을 누빌 수 있을 것 같은 느낌을 받았다. 역시 어디서나 자연은 아름답다는 것을 확인했다.

나는 감사실에 근무를 하는 동안 주중에는 감사계획에 따라 출장을 많이 다녔지만 토요일 오후에나 일요일인 주말에는 시간의 여유가 있었다. 그래서 애들도 커지고 생활이 안정되어 감에 따라 아내와 애들을 데리고 남산 식물원, 서울의 고궁, 또 어린이 대공원이나 용인 에버랜드 등도 다니곤 했다. 특히 감사과장님이 테니스를 좋아하여 일과 후에는 직원들이 함께 테니스를 치는 경우가 많았다. 또 건설부 체육행사 시에는 감사실 직원들이 모두 나와 테니스로 체육행사를 하기도 했다. 감사과장님은 우리가 근무조를 만들어 감사 출장을 나가면 수시로 현장까지 점검을 나와 우리를 격려하기도 했다.

나는 근무를 하면서 인간의 성격과 수명관계가 관련이 깊다는 것을 여러 번 느꼈다. 나는 많은 상급자를 모시고 근무했는데 그 중에서 너무 고지식하거나 꼼꼼하면서 까칠한 성격을 가지고 인간관계를 부정적인 시선으로 보거나, 일을 처리할 때도 되는 쪽보다는 안 되는 쪽으로 생각하고 말하면서 너그럽지 못한 사람들은 보통 회갑을 넘기지 못하고 인생의 막을 내린 분이 많다는 사실을 알게 되었다. 반대로 호탕하거나 늘 웃음을 잃지 않고 세상만사를 긍정적으로 보거나 특히 일처리를 할 때 안 되는 방향보다는 되는 방향으로 생각을 하는 사람들은 장수한다는 사실을 깨닫게 되었다. 그래서 나도 가능한 늘 스스로 마음을 긍정적인 방향으로 넓게 갖도록 노력을 했으며 법적으로 크게 문제가 안 되는 것은 융통성 있게 넘어가는 생활철학을 배우면서 지냈다.

그날도 한참 감사를 실시하고 있을 때 집에서 연락이 왔다. 시골로 다시 내려가셔 사시던 아버지가 뇌졸중으로 쓰러지셨다는 것이었다. 봄부터 몸이 성치 못하셨던 아버지는 결국 다시 일어나지 못하고 돌아가셨는데 나는 아버지의 죽음 앞에서 잘 모시지 못한 죄책감으로 흘러내리는 눈물 때문에 앞을 볼 수가 없을 정도였다. 하지만 후회의 눈물이 무슨 소용이 있다는 것인가! 누가 말했다. '살았을 때 목이 말라하는 부모님께 물 한 그릇을 떠서 드리는 것이 돌아가신 후에 진수성찬을 차려서 제사를 지내는 것보다 낫다.'는 것이다.

장사를 지내고 모두들 산을 내려갔지만 나는 머리가 아파서 바람을 쐰다는 핑계를 대고 한동안 산에 앉아 있었다. 황혼이 지면서 어둠이 찾아왔지만 나는 그대로 산에 앉아 펑펑 울었다. 아버지에게 잘한 것은 하나도 없고 모든 것이 불효만을 저질렀던 것 같았다. 아무리 후회를 한들 무슨 소용이 있다는 것인가! 밤늦게 집으로 왔지만 잠을 이룰 수 없었다. 삼우제를 지내고 산을 내려가려고 묘를 뒤로하고 돌아설 때였다. 뒤에서 아버지가 '애비야!'하고 부르는 소리가 들렸다. 꼭 살아서 부르는 소리 같았다. 나는 눈물을 흘리면서 '아버지가 아직도 이승을 떠나지 못하고 계시구나!'라는 생각을 하고 다시 무덤 앞에서 통곡을 했다. 한참 동안 발길을 옮기지 못하고 울고만 있었다. 자식을 위하여 고생만 하시고 그 자식이 막 효도를 할 참에 이 세상을 떠나는 것이 부모인가라는 생각이 한동안 마음속에서 슬픔의 소용돌이처럼 남아 있었다.

하지만 산 사람은 어차피 살아가야 하기에 무거운 발걸음을 옮겨 무덤 앞을 떠났다. 내일은 정상적으로 사무실로 출근을 해야 했다고 마음먹었다. 다음날 우울한 마음으로 사무실에 출근을 했는데 감사과장님이 불렀다.

"돌아가신 아버지에 대하여 너무 상심 말게. 그게 인생이 아닌가? 언제나 후회는 나중에 오거든. 그래서 사람들은 '있을 때 잘해.'라는 말을 잘 쓰지만 어디 인생살이가 마음대로 되는가?"

"잘 알겠습니다."

과장님은 이어서 "그리고 시간이 촉박하지만 5급 토목사무관 승진시험을 공부하게."라고 말씀해 주셨다.

나는 "아! 예, 고맙습니다."하고 과장실을 나왔다.

나는 승진 시험을 준비하라는 말에 기뻤다. 돌아가신 아버지가 아들을 위하여 보내온 좋은 소식이라는 생각을 하면서 열심히 공부를 하기로 마음먹었다. 업무와 집안 일 그리고 정신적으로 너무 힘이 들어 지친 상태이지만 힘을 내야 했다. 나는 인생의 노정을 잘 알고 있었다. 시간이 한가하면 오히려 '시간은 얼마든지 있어.'라는 여유 때문에 할 일을 미루고 소위 농땡이를 치기 쉽지만 바쁘면 '시간이 없어, 지금 당장 해야 돼.'라는 마음가짐으로 바쁜 가운데에서도 앞을 향하여 나아가는 자세로 더 전진을 할 수 있다는 진리를 깨닫고 있었다.

승진 시험 준비 소식을 들은 아내가 제일 기뻐해 주었다.

아내는 말했다.

"여보! 기회가 왔을 때 잡아야 해요. 기회를 놓치면 다시는 잡을 수가 없거든요."

"그래요. 당신의 말이 맞아요."

나도 기회가 왔으니 잡아야 한다는 마음으로 열심히 하기로 했다.

시험공부를 하는 동안 아내는 남편의 심신이 지친 상태를 간파했다. 그녀는 남편의 몸보신을 위한 보약을 한약방에 주문을 하여 먹게 해주었다. '고마운 나의 아내!' 마음속으로 아내에 대한 고마움을 느끼면서 용산 남영동에 있는 건설기술자 학원에 다니면서 구조역학 과목을 공부했다. 그리고 집에 와서는 주로 새벽에 일어나 측량학, 물리, 역사 등 암기 과목에 대한 공부를 했다. 승진 시험에 떨어지면 창피하기도 하지만 직장에서도 업무처리에 뒤떨어진 꼴이 된다는 생각이 들어 나는 더 최선을 다해 열심히 했다.

시간과 노력의 싸움이었다. 나의 공부는 거의 두 달 이상이나 계속 되었다. 너무 공부를 하여 머리가 아플 때는 가끔 아내와 운동하기 위하여 아침저녁으로 동네 공터에서 배드민턴을 치기도 했다. 그럴 때면 동네 사람들은 그동안은 내가 새벽같이 출근을 하고 밤늦게야 돌아와 공휴일에나 가끔 보였다가 이제는 낮에도 나를 자주 보게 되자 '저 사람이 실직자가 된 것인가?'라는 생각으로 불쌍하게 생각한 사람들도 있었다고 했다.

그래서 반찬거리를 사러 시장에 나온 아내에게 이웃 노인네가 말을 걸었다.

"한창 30대의 나이인데……."

"……."

"새댁, 안됐수."

"……."

그럴 때면 아내는 말없이 빙그레 웃기만 했다.

나는 그런 말을 들으면 더욱 열심히 하여 꼭 사무관에 승진하리라는 다짐을 했다. 내가 그렇게 밤낮을 매달려 공부를 했기 때문에 응시할 마음의 준비가 다 되었고 시험예정 날짜로 정해진 3월경이 되어 '이젠 시험을 봐도 되겠구나!'라는 생각을 하고 있었다. 그런데 광주에서 5·18 민주화운동이 일어나서 당국이 시험을 연기를 한다고 연락이 왔다.

그러던 중 하루는 대학교 동창 PSCC 회원이었던 이상태 친구가 집으로 찾아왔다. 인사를 나눈 후, 나는 "네가 어쩐 일이야?"하고 물어 봤다.

그는 "난 그동안 진급시험에 해당이 안 되는 줄 알았어. 그래서 시험 준비는커녕 한가하게 미국에 출장을 다녀왔지 뭐냐."

"저런!"

"그래서 부탁이 있어 왔어."

"……."

"자네는 공부를 다 해서 이번에 빨리 시험을 보는 게 좋겠지만 나는 5·18 사태로 승진 시험이 연기되어 자격이 주어진 이상 열심히 하고 싶어."

"……."

"그래서 말인데 네가 지금까지 공부한 노트 자료를 좀 빌려줄 수 있을까?"

나는 "좋아!"하고 그에게 흔쾌히 대답했다. 그리고 내가 공부하던 예상문제 등 노트 2권을 빌려주었다. 사실은 5급 승진시험은 5배수 제라고 해서 5명 중에서 1명을 선발하는 시험이어서 경쟁자인 친구에게 공부한 노트를 빌려준다는 것은 참으로 어려운 일이었다. 그러나 특별한 친구였기에 즐거운 마음으로 허락한 것이다.

상태는 나의 노트를 가져다가 복사를 하여 공부를 열심히 했다. 승진 시험 결과가 발표되는 날 나를 더 기쁘게 한 것은 응시자 35명 중에서 7명의 합격자가 발표되었는데 상태와 내가 당당히 합격을 한 일이었다.

상태도 기뻐하며 "광규야! 난 너 때문에 된 거야. 평생

은혜를 갚으면서 지낼게. 자, 오늘은 내가 한 잔 산다. 가자!"하고 우리는 술집으로 갔다.

나는 "자료야 뭐 대단한 것도 아니야. 너 자신의 노력이 합격의 영광을 가져온 것이지."

상태는 "아니야. 모두 네 덕분이야."

그날 둘은 기분 좋게 밤늦게까지 축배의 술잔을 즐겁게 들었다.

역시 인생에서 목적이 달성된 일만큼 기쁜 일은 없다는 것을 두 사람은 강하게 깨닫고 있었다.

예산국도 소장으로 부임을 하고

1980년 9월에 나는 토목사무관 승진시험에 합격을 하여 그 결과 예산국도사무소 소장으로 임명되었다. 내가 늘 바랐던 기관장이 된 것이었다. 사무소에는 소장이 있었고, 소장 아래에 과장 2명과 일반 직원이 20여 명이 있었으며, 장비 조정원 10여 명과 '수로원'이라고 부르는 도로보수요원 40여 명 등 총 70여 명이 되는 큰 규모의 기관이었다.

그런데 내가 부임을 하려고 하니 전임 신남호 소장에게서 연락이 와서 만나자고 하였다. 만나서 하는 말이 인수인계서에 날인은 하였으나 몇 가지 구두로 이야기를 하자며 다방으로 데리고 갔다. 그리고 하는 말이 얼마 전 현장작업을 하고 돌아오던 덤프트럭 사고로 수로원 4명이 목숨을 잃었다고 한다. 당시만 해도 국가에서는 수로원의 신분이 공직자가 아니고 일반 인부로 취급하던 때여서 국가에서 보상을 해 줄 기준이 없었고 사무소에서도 보상을 해 줄 형편이

못 되니까 유족들이 시체를 넣은 관을 소장실에 놓고 보상을 요구하는 데모를 하여 소장으로서 무척 고생을 하였다는 것이다. 그 후 전임 신 소장은 사무소에 출입하는 업체들과 직원들의 협조를 얻어 장례비 등 약간의 보상은 해 주었지만 충분하지 못했고 마음이 아프다고 하였다.

내가 사무소에 부임하여 가 보니 얼마 전의 사고 후유증으로 수로원 등 직원들의 사기가 무척 저하되어 있었다. 그래서 담당과장 및 직원들과 협의를 한 끝에 소장 책임 하에 〈예산국도사무소 상조회〉를 구성하기로 하고 매달 직원들의 봉급에서 조금씩 모아 기금을 모으고 관련 업체의 도움도 받고 또 사무소 부지용 농지에서 나오는 쌀 몇 가마니도 팔아 보태고 하여 상조회 기금을 어느 정도 마련을 하여 운영을 할 수 있었고 그렇게 되니 수로원과 직원들의 마음도 차츰 안정이 되어 갔다.

예산국도사무소의 주요 업무는 국도 21호선 장항~천안 간 등 충남 서부지역 여러 군데 일반국도를 비롯한 포장도와 비포장도로를 관리하는 것이었다. 포장도로가 파손되면 부분보수 및 덧씌우기로 포장을 했고 비포장도로의 경우에는 기존의 도로에 굴러다니는 자갈과 모래를 잘 살펴

주고 다져 주는 일이 주된 업무였다. 특히 겨울철에는 눈이 내리면 포장도로 위의 차가 미끄러지지 않게 도로면 위에 염화칼슘과 모래를 뿌리는 작업을 실시하는 것이 아주 중요한 업무 중 하나였다. 나는 눈이 오면 수로원 등 사무소 전 직원들에게 총 동원령을 내렸다.

당시에는 예산시내 내 숙소와 사무소가 있는 오가면 사이에는 시외전화만 연결이 되어 있을 때라 어떤 때는 집에서 급하게 시외전화 통화를 긴급 신청을 하고 사무실에 나가면 그제야 연결되는 적도 여러 번 있었다. 나는 일단 사무실에 나가 동원되어 나온 수로원들에게 각 도로 구간별로 작업지시를 하고 나 자신도 주요 도로에는 직접 현장에 나가 작업 상황을 감독하기도 했다. 여러 대의 덤프트럭으로 모래를 가득 싣고 나가서 수로원들이 그 위에 올라가 삽으로 모래를 뿌려야 했다. 눈이 더 오면 또 그 위에 또 뿌리고 그렇게 몇 차례를 하면 나중에는 도로면에 다져져 있는 눈들이 시루떡처럼 켜켜이 모래가 들어가 있는 경우도 많았다. 그 시절에는 제설용 염화칼슘을 구입할 국가예산이 적어서 할 수 없이 눈이 오면 예산 무한천에서 모래를 퍼다가 비축해 놓은 마른 모래를 뿌리곤 했다.

기억에도 새롭게 1981년 12월 4일 겨울에는 예산지역에

사상 초유로 35㎝ 이상 눈이 내렸다. 늘 하던 대로 수로원과 장비원들에게 비상을 걸어 새벽에 출근하도록 지시를 하고 나도 출근 준비를 하고 있었다.

그때 예산군수에게서 전화가 왔다.

"예산군수입니다."

"네, 최 소장입니다."

"고생이 많으시죠?"

"괜찮습니다."

"다름이 아니라 오늘 충청남도지사께서 예산군청에 순시를 오신대요. 그래서 소장님께 특별히 잘 부탁한다는 말씀을 드리려고 전화를 했어요."

"네, 최선의 노력을 다할 테니 너무 염려마세요."

"고맙습니다. 잘 부탁합니다."

나는 전화를 끊고 눈을 치우고 있던 그레이더 기사에게 단단히 지시를 했다. 그런데 한참 온양 방면으로 제설작업 중이던 그레이더 기사가 그레이더를 잠시 세우고 내려와 나에게 오더니 말했다.

"소장님, 그레이더 엔진이 타버렸습니다."

"네?"

"죄송합니다."

나는 "참 난감하네. 미리 잘 정비를 해 두었어야 하였는

데"라고 말하고

"그렇다고 그대로 손을 놓고 있을 수는 없으니 수로원들을 더 증원시켜 다른 구간보다 최우선적으로 모래를 뿌려서 미끄럽지 않게 하라"고 지시를 했다.

나는 모든 직원들을 독려하여 차가 다니는데 이상이 없도록 도로를 잘 정비한 후에 마음을 한시름 놓았다.

그리고 소장실에서 공문을 보고 있는데 보수과장 김 과장이 들어오더니 말했다.

"소장님! 도지사가 오든 안 오든 도로정비는 잘 끝났네요."

"김 과장! 그게 무슨 말이에요?"

김 과장은 "네, 저도 방금 군청 담당자에게 전화를 받았어요. 소장님께 전화를 했는데 순시 중인 때라 저에게 말을 하더군요. 눈으로 인해 도지사 순시가 연기되었다고 하더라구요."라고 보고했다.

"아 그래요? 알았어요. 도지사의 순시도 중요하지만 우리는 우리의 책무를 잘 하면 돼요."

"맞습니다. 소장님!"

"모두들 고생들 했어요."

나는 직원들에게 격려의 인사를 하고 사무실 안으로 들어가 다른 업무를 처리했다.

국도사무소에는 일반직원과 수로원 중에는 그때 결혼을 하지 않은 젊은 총각들이 많았다. 그 당시 소장인 나는 결혼을 하여 그 당시로는 가장 바라던 대로 2남 1녀(9살, 7살, 5살)를 둔 모범 가정을 이루고 있었다. 당시 총각 직원들로서는 소장이 나이가 비록 40대이긴 하지만 섭외하기 어려운 지위가 높은 사람보다는 소장한테 부탁하는 게 좋겠다고 생각을 하고 여러 명이 주례를 부탁하는 경우가 있었다. 그래서 그 당시 나는 예산 소장으로 약 2년간 근무를 하면서 3번이나 주례를 했던 것이다. 처음 주례를 보았을 때 약간 떨리고 마음은 졸였지만 주례사는 간단하면서도 뜻 있는 내용으로 하겠다고 마음 먹었다.

결혼식 날이 되어 마음을 다잡고 신랑과 신부 하객들을 바라보면서 미리 준비해 간 메모를 참고하면서 다음과 같은 주례사를 해 주었다.

먼저 신랑신부의 결혼을 진심으로 축하한다는 말과 함께 이어 '첫째로 부부는 바라보는 방향이 같아야 하고, 둘째로 부부는 몸과 마음이 하나가 되어야 하는 데 그 뜻은 두 수레바퀴 처럼 크기도 같아야 하지만 행복을 향한 목적지도 같아야 한다는 뜻'이라고 간단하게 주례사를 해 주었다. 장내 참석한 하객들은 주례사가 짧아서도 좋지만 내용도 좋다며 박수갈채를 쳐 주었다.

  내가 예산소장으로 명을 받았을 때는 전두환 정부였는데 전 대통령은 경제안정을 최우선 정책기조로 삼고 말단 기관까지 경제교육을 강화 하던 시절이었다.
  그래서 건설부 최 말단기관인 예산국도사무소에서도 직원들은 물론 부인들 까지 일주일에 한번은 모두 강단에 모이도록 해서 소장이 직접 주어진 자료에 따라 경제교육을 시키고 그 교육 결과를 상부에 보고하였던 때였다. 그래서 경제교육 날에는 나는 서울 역촌동에서 애들이랑 살고 있던 아내를 내려오라고 하여 함께 교육에 참석시켰다.

  그런데 그 뒤 얼마 되어 나를 운전해 주던 김중묵 기사로부터 "소장님, 이상한 소문이 있는데요"라며 거북해 하였다.
  나는 "무슨 말인지 말해봐"라고 다그쳤다. 김 기사 이야기는 "경제교육 때 참석하신 소장님 사모님이 혹시 작은부인 아니냐?"라는 소문이 돈다고 하였다. 나는 기가 차고 어처구니 없었지만 당시 내 몸이 좀 뚱뚱하고 나이가 들어 보였기 때문이라 생각했다. 또 소장이라면 나이가 50대 초반은 될꺼라고 생각했을 것이다. 그리고 시골에 살고 있던 직원들 부인에게는 내 아내가 비교적 날씬하고 미모도 그런대로 괜찮았던 모양이다. 당시 아내의 35살 나이를 생각하면 그런 생각을 할 수도 있겠다는 생각도 들었다. 어쨌든 나는 그 소문을 잠재우기 위해서 아내랑 애들을 당장 예산으로 이사를 시켜야 겠다고 결심을 하였다. 이사한 후에 작은 부인에 대한 소문은 없어졌다.

나는 그해 12월에 가족인 아내와 자녀들 3명을 서대문구 역촌동에서 예산으로 이사를 시켜 함께 살았다. 겨울철이라 조금 무리한 이사였다고 생각하고 있는데 당시 대전청에 출장 나와 예산우회도로공사 감독을 맡아 일을 하고 있던 김용운 기사는 나를 보고 웃으면서 농담 한마디를 했다.

"최 소장님은 전화번호가 4724라서 사철이사를 다니네요."

"그러고 보니 이사하는 거랑 내 전화번호와 연결이 되네."

두 사람은 주변의 직원들과 함께 웃기도 했다.

그런데 처음 이사 간 집은 집이 크고 월세는 싸다고 해서 살게 되었는데 나중에 알고 보니 그 집터가 전에 묘지 터였다고 했다. 그래서 그랬는지 그 집에 살면서 이상하고 좋지 않은 일이 몇 번 일어났다. 하나는 보수과장이 구속이 된 사건이었다. 물론 본인의 업무 과실로 일어난 것이지만 소장으로서는 마음이 상하는 일이었다. 또 하나는 어느 날 저녁에 아내가 벨이 울려 내가 퇴근을 한 줄 알고 밖에 나가보았는데 아무도 없어서 무서워했다. 지나가는 개구쟁이 아이들이 대문의 벨을 장난으로 눌러놓고 달아났는지도 모르지만 아내 입장에서는 어두운 밤에 울리는 벨의 공포는 너무나 큰 것이었다. 또 초등학교 6학년에 다니던 큰 아들 호남이가 가끔 귀신 모양의 사람이 쫓아온다든가 밤길을 걷는 무서운 꿈을 꾼다고 가끔 얘기를 했다.

특히 내 경우는 사무실 출근을 못할 정도로 허리가 너무 아파서 대신 집에서 누워 결재를 해야 하는 이상한 처지가 되기도 했다. 천안, 대전 등지로 유명한 침구사를 만나 치료를 받으러 다니면서 고생을 많은 했고, 치료를 받았지만 불편한 일이 한두 가지가 아니었다. 그렇게 힘들게 치료를 받아 거의 6개월 만에야 겨우 완치가 되었다. 나는 미신 같은 건 믿지 않지만 계속 이 집에 살면 좋지 않을 것 같다는 불길한 예감이 들었다. 그래서 마음속으로 '집은 크고 좋지만 느낌이 좋지 않아. 환경을 바꿔 봐야 되겠어.'라는 결심을 하게 되었다. 결국 나는 아내랑 상의를 하여 예산의 다른 곳으로 이사를 했다.

한편 내가 예산국도사무소장으로 한참 재임하던 1981년 봄 예산군청 회의실에서 예산 군내 각급 기관장 회의가 있었다. 예산군수가 회의를 주재했다. 그는 '전두환 대통이 곧 예산군 수덕사를 방문하는데 배부된 회의 자료대로 각 부처마다 담당할 일이 배분되었으니 잘 도와 달라'는 뜻으로 얘기를 했다. 우리 예산국도사무소가 해야 할 업무는 예산 오가면에서 수덕사까지 가는 비포장도로를 잘 정비하는 일이었다. 그때 예산에서 수덕사까지 국도 46호선 도로는 비포장도로라서 대통령 승용차가 가기에는 자갈 등 평탄성이 좋지 않았던 곳이었다. 그래서 할 수 없이 건설부 본부와 상의한 끝에 좋은 황토(마사토)를 가져다 깔고 그걸 잘 다져서 포장도로처럼 매끈하게 하여 평탄성을 좋게 하자고 생각했다.

대통령이 오기 바로 전날 트럭으로 마사흙을 실어 오고 그레이더로 그걸 적당히 펴서 깔고 다짐을 한 후에 롤러 장비로 물을 적당히 주면서 잘 다지니 길이 매끈한 게 너무 좋았다. 하지만 그렇게 매끈하게 일을 다 해놓았는데 저녁때 그만 비가 살짝 내렸다. 그러자 길은 그만 진탕이 되어 버렸다. 나는 걱정할 새도 없이 새벽에 직원들과 나가 횃불을 켜고 다시 작업을 해야 했다. 비가 맞지 않은 마른 마사흙을 파오고 그걸 다시 펴서 다지고 하여 길을 잘 정비했다. 길은 또다시 아스팔트와 거의 같은 수준이 되었다.

그 길로 전두환 대통령은 아무 일 없이 수덕사에 잘 다녀 갔다. 그 뒤 알려진 바에 의하면 전두환 대통령 부부가 수 덕사를 다녀간 이유가 따로 있었다. 소문에 따르면 전두환 이 대통령이 되기 전 이순자 여사가 수덕사에서 점을 봤다 는데 점을 본 스님이 말했단다.

"남편은 장차 높게 될 것입니다."

"그래요? 고맙습니다."

그렇게 간단한 대화로 끝났고 이순자 여사도 자기 남편 이 그저 별 하나 더 다는 정도로 생각을 했다고 한다. 그 런데 그만 대통령이 되었던 것이다. 남편이 대통령이 되자 이순자 여사는 수덕사에 많은 보수예산을 주라고 하여 절 을 보수하도록 했다고 한다.

1982년 7월 나는 건설부 인사발령에 따라 예산국도사무 소 소장에서 대전국토관리청 국도과로 전근을 가게 되었 다. 대전청 국도과에는 과장 밑에 계획계장, 공사계장 둘 이 있었는데, 나는 공사계장을 맡았다. 대전청 국도과는 충청남·북도 구간의 일반국도의 도로 확장 및 포장 공사를 하며 이에 수반되는 터널 및 교량 건설 사업을 하는 것이 주요 업무였다. 당시는 우리나라 국가 예산이 많지 않을 때였고 특히 건설 등 SOC 예산이 적은 시절이었다. 그래서 전국적으로 ADB(아시아개발은행)과 IBRD(세계은행)에서 차관을 들여와 도로개량 공사를 하고 있었다. 업무가 과중한 기관이어서 항상 일정이 바쁘게 돌아갔다.

공사과장인 나는 충청남도 구간의 일반국도에 대한 포장공사 설계와 감독을 담당했다. 충남도 내 국도 포장공사로는 ADB 3차 차관공사인 성주(성주터널)~대천(어항) 간 40호선, 또 IBRD 4차 공사인 대천~청양(마치) 간, 공주~마치 간 국도 36 호선, 만리포~태안, 태안~서산, 서산~당진, 당진~예산, 예산~공주(유구), 유구~공주(우성), 공주(반포)~대전(유성) 간의 국도 32호선, 유구~온양, 온양~평택 간의 국도 45호선 등을 관리하고 있었고 기타 차관예산을 제외하고 국내 일반예산으로는 신공주 대교 건설공사 등이 있었다.

내가 감독들과 함께 담당 관리하던 공사가 시공사 별로 약 20여 건이 넘었다. 사실 모든 직원들도 그 누구도 게으름을 피우지 않고 주어진 업무를 자신의 일처럼 밤낮으로 열심히 하고 있었다. 하루에 한 개 현장을 한 번씩만 점검을 한다 해도 한 달 만에 겨우 한 현장 출장을 가기도 어려웠다. 또 일단 출장을 가 보면 각 현장마다 해결해야 할 문제점들과 설계변경 업무 등도 많아 늘 밤늦게까지 근무를 하는 경우가 많았다. 늦게까지 그렇게 업무를 마치면 엄청 피곤했고, 우리들 '길 위의 남자'들은 그 피로를 풀기 위하여 감독 직원들과 술도 많이 마셨다. 그럼에도 그 다음날에는 새벽같이 일터로 나가서 그 과중한 업무들을 잘 처리했다.

1983년 초여름, 대전청에서는 신 공주대교 건설공사를 하게 되었다. 우선 공사를 시공하기 전에 주민들에게 알리기 위해 기공식을 했다. 구 공주대교는 1932년 일본시대 철도를 공주 쪽으로 지나는 것을 공주 주민들이 풍수적으로 반대해서 대전 쪽으로 철도를 옮기는 대가로 건설해 준 다리였다. 하지만 이제는 교량 폭이 6m로 아주 좁았다. 그렇기 때문에 공주시내에서 구 공주대교를 건너 통학을 하는 공주농고 학생들은 불편이 많았다. 교통사고로 한 학생이 목숨을 잃는 사고까지 발생했다. 그러자 당시 공주농고 학생들은 다리를 넓혀 달라고 학생들끼리 적은 금액이지만 약간의 성금을 모아 건설부장관에게 보내면서 진정서를 내기도 했다. 특히 지역주민들의 요청도 많아서 건설부 본부에서는 검토 끝에 구 공주대교 500m 상류 쪽에 신 공주대교를 건설하도록 하였던 것이다. 신 공주대교는 조달청에서 당초 설계보다 싸고 더 나은 대안공사 공법으로 집행하게 되었다. 그런데 당시 시공사인 현대건설 측은 공사를 무조건 따 보려는 마음에서 45%의 최저가 공사로 수주하였고 그래서 당초 책정되었던 예산의 반 이상 남게 되었다. 현대건설 측은 이를 알고 있지만 손해를 보는 각오로 우선 공사를 따고 보자는 심산에서 저가로 땄다고 했다.

그날 기공식에는 많은 주민들이 참석한 가운데 형형색색 폭죽을 터트리며 화려하고 아름답게 이루어졌다. 기분 좋게 기공식을 마치고 공주 시내 한 음식점에서 당시 김종호 건설부장관과 현대건설 이명박 사장은 얼큰하게 술을 했다. 기분이 상쾌한 두 사람의 대화의 중심은 역시 그날의 기공식에 관한 것이었다.

장관이 먼저 입을 열었다.

"이 사장님! 당초에는 2차선으로 설계되어 있는 교량인데 들자보니 예산이 반 이상 남아 있다고 하니 아예 4차선으로 하는 게 어때요?"

"좋지요. 넓은 다리가 생기면 국가사회나 주민들 모두가 좋은 일이지요."

"그럼 4차선으로 하는 겁니다."

"네, 알겠습니다."

두 사람은 간단하고 명쾌하게 합의하였다.

그 결과 현대건설은 이미 대안입찰 방식으로 50%도 안 되게 저가로 낙찰을 한 터라서 공사를 더 하라고 하면 두 배의 손해를 보게 되어 있었다. 그런데 당시 현대건설 사장이던 이명박은 구체적인 내용도 모르고 공사를 더 하면 좋은 줄 알고 장관 앞에서 더 한다고 대답을 했던 것이다. 결국 현대건설은 두 배나 많은 적자를 보게 되었다. 그리고 그 당시 현장소장을 한 사람은 공사를 마치고 적자책임을 물어 회사를 그만두게 되었다. 사장이 적자공사를 만들어 놓고 현장에서 일을 한 사람만 속된 말로 바가지를 쓰는 꼴이 된 것이다. 나중에 들리는 말에 의하면 그 소장은 이런저런 마음이 상하여 한국을 떠나 아예 캐나다로 이민을 가서 살고 있다고 한다. 신 공주대교는 저가입찰 공사라서 나는 부실 공사가 되지 않게 관리 감독하기 위하여 교량 건설 단계마다 교량 지반 암반 조사, 검측 등 특별히 관리 감독을 해야 했다.

이 밖에도 각종 포장공사가 준공이 되면 당시에는 정부 시책 홍보차원에서 가능한 한 준공식을 하라고 했다. 그래서 담당계장은 시공사와 협조하고 각 시군과 협의하여 준공식을 해야 하는 일이 많았다. 준공식을 하는 날은 현지 주민들은 점심 때 막걸리도 마시고 국밥도 한 그릇 얻어먹는 그야말로 잔칫날이었다.

1984년 6월 30일 IBRD 차관공사 대천~청양(마치) 구간이 준공식을 했다. 나는 청양군의 협조를 얻어 현장 근처에 각 기관장 및 주민들을 모아 놓고 그 지역의 여러 기관장과 주민들 앞에서 공사추진 경과보고를 하게 되었고 우레와 같은 박수와 환호를 받았다.

주민들은 준공식이 끝나자 공사계장인 나를 향하여 환한 표정으로 한마디씩 칭찬했다.

"계장님 정말 수고 많으셨어요. 고맙습니다. 길은 곧 인생이거든요."

"참, 고생했어요. 길이 열리는 곳에 문화와 문명이 꽃피는 것입니다."

"대부분의 사람들은 잘 닦여진 길을 자동차로 달리면서 길을 만든 사람들의 고생한 사실을 모르고 혜택만 보는데 오늘 경과보고를 들어보니 참으로 길을 만든 사람들의 고생이 많은 것을 알게 되었네요."

그 당시에 충청북도 지역은 내 옆자리 계획계장의 담당이었는데 남한강 충주지역에 수자원공사에서 충주댐을 건설하고 있을 때였다. 그리고 대전청에서는 댐 담수로 인하여 수몰이 되는 지역의 국도를 높게 이설하는 공사를 많이 했다. 제천 청풍, 담양지역의 도로이설과 신설 공사는 물론 청풍교, 단양대교 등 큰 다리공사를 새로 건설하게 되었다. 그런데 당시 두 다리는 모두 동아건설이 신공법이라며 디비다그 공법으로 입찰을 하여 건설하고 있었다. 그런데 공정 추진이 늦어지자 시공사와 감독자들 야간작업을 하며 모두들 무척 고생했다. 할 수 없이 대전청 청장은 직책이 높은 시험실장에게 현지에 가서 밤낮으로 주재하면서 총괄하여 공정을 추진하도록 지시했다.

대전지역은 우리나라 중간지점에 위치해 있어서 지리적으로 남쪽 지방으로 놀러 다니기에는 아주 좋은 위치였다. 나는 어느덧 쑥 자란 애들을 보면서 바쁜 업무 때문에 늘 함께 놀아주지도 못하고 자주 어울리지 못하고 있다는 생각에 잠깐 짬을 내어 아내와 애들 모두 5식구가 승용차 한 대에 올라타고 여행을 다니기도 했다.

그 중 한번은 1983년 12월 31일에서 1월 1일까지 남부 동해안 쪽으로 여행을 떠난다고 하니 아내도 아이들도 모두들 좋아서 방방 뛰었다. 그런 모습을 보자 모처럼 가장 노릇을 한다는 생각이 들었다. 1월 1일 새해 이른 아침에는 일출을 보기 위하여 많은 사람들이 석굴암 광장으로 몰려왔다. 그날도 석굴암 광장에는 KBS, MBC 촬영팀들도 해 뜨는 모습을 촬영하고 전국적으로 중계하기 위하여 모였고 인산인해를 이루었다. 우리 식구들도 많은 사람들 틈에 끼어서 추위조차 느끼지 못한 채 새벽 5시경부터 석굴암 광장에서 떠오르는 새해 첫 일출 광경을 쳐다보았다. 나는 너무 아름다웠던 그때의 그 감성을 '양승본' 시인의 「일출(日出)」이라는 시로 음미해 본다.

어둠을 헤치고
태양이 떠오른다.

지난해의 묵은 때
모두 씻어내듯이
밝고 희망찬 새해가
정열의 빛으로 떠오른다.

뜨겁다.

붉다.

새해에는 인생의 밝은 길과
어울려 살라고
웅장하게 떠오른다.

일출을 바라보는
자식들의 얼굴도
아내의 얼굴도
태양과 어울려
행복의 환한 미소가
향기 나는 꽃처럼
곱게 피어난다.

　　나는 떠오르는 붉은 햇빛에 비춰지는 석굴암의 부처님
모습에 무척 매력을 느꼈다. 살짝 미소를 짓고 있는 모습
을 바라보고 있으면 자신도 미소가 지어졌다. 바라보면 볼

수록 마음이 평온해지는 것 같았다. 본존상을 중심으로 벽면에 있는 11면 관음보살상은 바람이 불면 옷깃이 흔들릴 것 같은 예술적인 감각을 주었다.

이어 우리는 불국사에 들러 다보탑과 석가탑에서 기념사진을 찍고 청운교, 백운교를 감상하면서 모두들 건강과 행운이 함께 하기를 빌었다. 경내를 돌아보는 가족들은 모두 떠오르는 태양처럼 표정이 밝고 즐거운 마음이 차올랐다. 당시 45세의 중년인 나와 40세의 아내랑 자식들 호남, 호용, 영숙이와 함께 불국사, 석굴암을 관광했다는 행복감이 한참 동안 밝은 웃음으로 나타났다. 비록 1박 2일간의 짧은 여행이었지만 우리 가족에게는 새해 첫날 아름다운 동해안의 해 뜨는 모습을 볼 수 있었기 때문에 참 좋은 아름다운 추억이 되었다.

대전청에 근무하던 1984년 가을에는 가슴 아픈 사고가 하나 있었다. 당시 나는 대전청을 취재차 나온 대전일보 김종렬 기자와 충남 서해안 대천 쪽으로 출장을 가고 있었다. 나는 김 기자와 공주에서 같이 점심식사를 한 뒤 신 공주대교 가설공사 현장의 승용차를 빌려 대천 쪽으로 갔다. 내가 운전을 해서 가는 중이었다. 그런데 가는 도중에 청양 정안초등학교 근처 건널목을 지날 때였다. 나는 그만 길을 건너려던 어린이를 치고 말았다. 운전 실수로 아이를 못 본 것이었다.

아이는 공중에 높이 떠서 도로 건너편에 죽은 듯 누워있었다. 나는 애가 죽은 줄 알고 너무 놀랐고 세상이 노래지면서 정신이 나가버렸다. 몸을 움직일 수도 없었다. 그냥 운전대를 잡고 엎드려만 있었다. 내 정신 줄이 끊어진 것이었다. 그나마 제정신을 가지고 있던 동승한 김 기자가 뛰어내리더니 애를 안아 일으켰다. 순간 아이가 '으앙~'하고 울었다. 기적이었다. 공중에 떠서 땅에 떨어졌던 아이가 살아난 것이었다. 아이의 울음소리를 듣고 나는 그때서야 정신을 차렸다.

나는 '아! 애가 살았구나!'라는 생각을 하면서 기자와 함께 아이를 태워 근처 보건소로 갔다. 근처 보건소에서는 빨리 공주의료원에 입원시키라고 해서 바로 공주의료원으로 차를 몰아 급히 응급실에 입원을 시키고 종합검사를 받았다. 그런데 천만다행으로 아이에게는 별 이상이 없다고 했다.

담당 의사는 "듣고 보니 심한 교통사고인데…….".라고
말을 했다.

내가 물었다.

"그런데 어떻게 아이가 거의 정상일까요?"

"제 생각은 어린 아이니까 몸의 유연성이나 무의식증 때
문에 살아난 것 같아요. 저도 지난여름에 울릉도에 갔었는
데 기적을 보았어요."

"기적을요?"

"네, 3살짜리 아주 어린 아이인데 아이 어머니가 바닷가
를 정신없이 구경을 하다가 두 팔에 안고 있는 아이를 약
20여 미터의 높이에서 떨어트린 거예요. 주변의 사람들은
모두가 '아!'하고 비명을 질렀지요. 그런데 아이는 정박된
선박의 갑판 위에 떨어졌어요. 갑판 위에는 관광객이 오르
내릴 때 이용되는 꽤 넓은 널빤지가 놓여 있었는데 아이는
그 널빤지에 떨어졌고 그대로 미끄러져서 갑판 위로 떨어
진 것이죠. 그때도 그 아이의 유연성이나 무의식증으로 인
하여 별 상처가 나지 않았어요. 이번 교통사고의 경우에도
그런 것 같아요. 왜, 그런 거 있죠? 여객선의 높은 침대에
서 자다가 밑으로 떨어져도 멀쩡한 경우요. 잠결에 일어난
일로 역시 무의식증의 영향이죠."

"어떻든 저로서는 천만다행입니다."

나는 일단 안심이 되었다.

다만 병원에서는 1주일 이상 입원을 시키고 이것저것 검사를 더 받으라고 했다.

다행히 김 기자가 청양, 공주 쪽 친구 기자들에게 힘을 써 주어 나의 교통사고 소식은 신문에는 나지는 않았다. 교통사고 후 나는 청장에 보고를 하고 며칠 동안 회사에도 출근하지 못한 채 아이의 간호와 아이 부모와의 합의 등 사고를 잘 처리했다. 당시에는 운전자 보험이 신통치 않아서 합의하는 데 골치가 아팠다.

사건이 나고 아내는 다친 아이에게 이것저것 새 옷도 사다 주고 책이랑 문구용품도 사다 주며 아이에게 사고 후유증이 없도록 잘 달래주었다. 그렇게 하니까 사고가 난 아이는 아내의 선물 폭탄에 사고 난 것도 잊어버리고 아주 좋아했다. 그리고 아내가 병원에 보이지 않으면 아이는 "대전 아줌마 왜 안 와?"하며 아내를 찾곤 하였단다. 하지만 나로서는 참으로 씁쓸한 것이 그 아이의 부모는 합의금을 더 받기 위해 아이가 아내에게 너무 가까이 한다고 아이를 막 혼냈다는 것이다. 여하튼 아내는 그 사건으로 대전에서 공주의료원까지 매일매일 버스를 타고 다니며 무척애를 썼다. 나는 마음 한편에 아내에게 항상 고맙다는 생각을 심어두고 있었다.

그런 놀람의 시간이 잘 처리되고 끝날 즈음에 나는 국도
과 공사계장에서 인사발령에 따라 1985년 1월에는 대전청
시험실로 근무지를 옮기게 되었다. 시험실 업무는 충청남·
북도 대전청 구간의 건설사업 전체에 대한 품질관리업무를
총괄하는 부서였다. 나는 비록 계장이었지만 시험실장 밑
에서 계장 한 명이 보좌하기 때문에 실제로는 시험실장과
같이 충남·북도 2개도를 다 관리하게 되었다. 그런 관계로
출장 횟수는 많았지만 그래도 직접 공사를 담당하기보다는
간접적으로 품질관리 업무와 기성검사, 준공검사 업무를
하게 되므로 그 업무가 좀 수월했고, 정신적 육체적으로는
오랜만에 마음이 편했다. 그래도 건설공사에서는 품질관
리도 무척 중요하기 때문에 대전청 감독관들을 상대로 봄·
가을로 직무교육을 철저하게 해야 했다.

시험실에 근무하는 동안 나는 몸과 마음이 비교적 편했
다. 시간적인 여유가 다소 있었기 때문에 1985년 하반기부
터는 한양대학교에 토목과 석사과정을 다니기로 했다. 일
과가 끝난 뒤 승용차를 직접 몰고 대전에서 서울 왕십리
한양대학교까지 가서 강의를 듣고 그 밤에 다시 내려오곤

하는 일이 반복되었다. 그렇게 2년간 수업을 받은 후 석사 논문을 작성하여야 하는데, 당시에는 700자 원고지에 연구 내용을 기록하였기에 중간에 연구내용을 고쳐야 하는 부분이 생기면 처음부터 원고지를 다시 써야 하는 어려움이 있었다. 당시 나는 천안~병천 간 콘크리트 포장공사 담당계장을 하고 있어서 그 감독 경험과 공사실적 등 결과와 외국 책자 등의 자료를 토대로 '콘크리트포장에 있어서 하자발생의 원인과 그 보수방안에 대한 연구'라는 제목의 석사 연구논문을 발표하게 되었다. 그리고 1987년 7월 선배 교수인 한양대학교 문한영 교수의 지도 아래 여러 교수님들 앞에서 그동안 실시해 온 연구 결과를 보고한 뒤 무난하게 여러 참석 교수님들의 사인을 받아 석사 논문이 통과되었고 이어 석사 학위를 받았다.

석사 학위를 받던 날 아내가 말했다.

"여보! 축하해요. 고생 많으셨어요. 저는 오늘부터 석사님 부인이 되었네요."

"모두 당신 덕분이요."

나는 그날 아내와 학교 졸업식장에서 찍은 기념사진을 아이들에게 보여주며 모두 모이게 하여 온 가족이 석사 학위 취득을 자축했다. 즐겁고 행복한 가족으로 가정에는 웃음

꽃이 환하게 피어 오르고 있었다. 그 꽃 속에서 아내는 '길 위의 남자'로서 석사 학위를 받은 사실을 자녀들 앞에서 「당신을 향하여」라는 시 한 수로 축하를 대신 해 주었다.

아침 이슬처럼

순수함으로

시작을 하고

태양처럼

불타는 열정으로

길 위의 남자가 된

당신은

산이 막히면 뚫고

강이 막으면 다리를 놓아서

길을 창조하셨습니다.

이 땅의 길을 만들기 위하여

피와 살과 뼈를 묻힐 각오로

길 위에서

인생을 살아온 당신은

추풍령 준공 탑 위에
그 이름을 새기며
역사의 산 증인으로
영원한 길 위의 남자로

조국의 가슴에 살아 계십니다.

사랑합니다.
사랑합니다.

당신을!

　내가 예산국도 소장시절 주례를 보면서 그 주례사에서
인생의 수레바퀴는 그 바퀴가 똑같아야 하며 인생의 목적
지를 향하여 같은 방향을 바라보며 가야 한다고 말했던 것
처럼 우리 부부의 사랑도 한 방향으로 향하여 곱게 피어나
고 있었다.

시설 서기관에 오르다

대전청 시험실에서 근무하던 어느 날 대학 2년 선배인 이선영씨가 나를 찾아왔다. 그는 70년대 초 중부국토건설국 하천과에서 나와 함께 근무를 하다가 건설부 본부로 간 사람이었다. 그는 나와 함께 5급 승진시험을 보았으나 실패를 한 뒤 공무원을 그만두고 댐 및 하천기술사 자격증을 획득하여 이산엔지니어링 회사를 직접 운영하고 있었다. 선배는 나를 보자마자 입을 열었다.

"퇴근시간이니 근처에 가서 소주나 하자고."

"네, 선배님!"

두 사람은 소주 한 병을 시켜 주거니 받거니 하면서 각각 반병씩을 마시자 알딸딸해졌다.

"선배님! 사업 잘 되시죠?"

"할 만해."

"잘 됐습니다."

"사실은 오늘 자네에게 할 말이 있어서 왔어."

"……."

"내가 자네를 각별히 좋아하잖아. 그래서 말인데 여기 지방청에서 편히 지내지 말고 고생 좀 하라고."

"고생이요?"

"그렇지 고생 좀 해야 사람은 성공을 하거든."

"……."

"앞으로 두 가지를 권하고 싶네. 첫째는 공무원을 그만두고 나가서 돈을 벌든지, 둘째는 승진을 하든지. 승진을 하려면 본부에 올라가야 승진을 하게 되는 것 알지?"

"……."

"내 충고를 잘 생각하여 앞 일을 결정하라고."

"알겠습니다."

그날 둘은 기분 좋게 마시고 기분 좋게 헤어졌다. 선배를 보낸 후 나는 한동안 깊은 생각을 했다. 아내와 의논도 했다. 나랑 아내는 일단 첫 번째 권고 사항인 공무원을 그만두라는 말은 생각을 하지 않기로 했다. 공무원의 길은 끝까지 가야 한다고 생각을 하고 있었다. 결국 나는 선배의 말대로 생각을 정하고 건설부 본부로 올라가기로 진로를 결정했다.

그 뒤 건설부 인사발령 때, 1988년 4월 건설부 도로국도로운영과로 발령을 받았다. 88서울올림픽이 열렸던 해였다. 공무원 조직은 한 사람의 자리가 결원이 되어야 승진도 할 수 있고 또 자리 이동도 할 수 있는 것이다. 그러려면 한 부서에서 오랫동안 근무를 하여 근무성적을 잘 받아야 했고, 타 부서 근무자와 경쟁을 해서 이겨야 승진을 할 수 있었다. 그런데 내가 전출을 가고 싶은 건설부 본부 도로국에는 국장 아래에 쟁쟁한 서기관 승진 경쟁자들이 모여 근무를 하고 있었다. 그리고 그들은 그 경쟁 관계로 인하여 서로 눈치를 보며 근무를 하고 있었다. 그러던 차에 내가 고참이 되어 인사 발령을 받아 올라간다고 하니 서로 눈치를 보며 나를 받아들이기를 꺼려했다. 특히 도로계획과장과 도로시설과장은 노골적으로 나를 받지 못한다고 말했다. 나는 할 수 없이 대학교 5년 선배인 도로운영과장의 주선으로 도로운영과로 부서를 옮길 수 있었다.

도로운영과는 당시 과장 아래 사무관 3명이 근무를 하고 있었다. 나는 토목사무관 자리로 보직을 받았다. 나는 주로 포장유지관리 업무를 담당하였고 나머지 사무관은 교량유지관리 업무를 보았고, 또 한 명은 전국 19개 국도유지사무소의 예산, 인원 등 업무를 담당했다. 나는 부임한 지 얼마 되지는 않았지만 함께 근무를 하는 직원들과 함께 88

서울올림픽을 맞이하여 19개 전국 국도유지관리사무소를 직접 찾아다니면서 일제히 점검을 했다. 장관님의 특별 지시가 있었다며 국장님은 올림픽 개최 시 참가하는 외국 선수 등과 관광객들이 원활하게 다닐 수 있도록 도로 유지보수를 잘 할 것을 지시했다.

88올림픽이 끝나고 1989년도 가을에는 동료 행정사무관과 함께 광화문 정부청사 안에 있는 경제기획원에 가서 전국 19개소의 국도유지사무소 수로원, 장비원 등 소요인원과 예산을 늘리기 위하여 무척 노력하면서 최선을 다했다. 그날은 업무협의 내용이 많았고 힘든 내용도 많아서 늦게까지 업무협의를 하게 되었다. 그런데 늦게 일이 끝나자 경제기획원 직원들이랑 함께 저녁식사를 하게 되었고 겸하여 술도 마시게 되었다.

나는 약간의 술을 마셨지만 운전을 할 수 있을 것 같아서 그냥 차를 몰고 과천청사를 향하여 달렸다. 그때만 해도 요즘처럼 음주운전 단속이 심하지는 않았다. 한참 차를 몰고 가다가 나는 남산터널 입구에서 경찰의 음주운전 체크에 걸렸다. 나는 즉시 차에서 내려 공무원증을 보여주고 사실 이야기를 하면서 비록 음주를 하였지만 봐 달라고 진정으로 사과를 했다. 청원경찰은 자꾸만 음주체크를 하려고 측정기를 들이대면서 불라고 했다. 나는 엉거주춤하고 있었는데 초소 안에 있던 팀장이 나와서 입을 열었다.

"당신의 사과에 진실성은 느껴집니다."

"우리는 적발 위주보다는 예방이 먼저이고 동시에 다시는 음주운전을 하지 않는다는 정신적인 자세를 바로 해야 하기에 정신교육이 중요합니다. 오늘은 선생을 그냥 보내 드립니다. 앞으로는 절대로 음주운전을 하시면 안 됩니다."

나는 그 팀장이 너무 고마워 "네, 네."하고 허리를 굽히고 대답을 하자 팀장은 면허증을 돌려주면서 다시 말했다.

"잘 몰고 가야 합니다."

"네, 네."

나는 다시 '고맙다'는 인사를 하고 정신을 바싹 차려 운전을 했다. 그리고 무사히 집에 도착했다. 나는 속으로 너무 기뻤고 초소의 팀장을 맡은 경찰에게 무척 고마움을 느꼈다. '다시는 음주운전을 하지 말아야지'라고 스스로 맹세했다. 다음날 출근길에 그 팀장을 찾아가서 고마움을 표시하려 했으나 마침 그날은 팀장이 비번이라 출근을 하지 않았다고 한다. 나는 결국 팀장을 만나지 못했다. 팀장에게 무척 미안하게 생각하면서 다시는 음주운전을 하지 않겠다는 마음의 맹세를 다시 한 번 했다.

도로운영과에 근무하는 동안 당시 IBRD측의 지원을 받아 도로포장의 파손 등 점검방식과 유지관리에 대한 용역을 실시하였는데, 나와 함께 업무를 보는 임 기사는 간단한 컴퓨터 기능이 있는 기구로도 분석 일을 열심히 참 잘했다.

1989년 봄, 나는 미국에 유학을 다녀와 영어를 잘 하는 도로계획과 곽 계장과 함께 도로국장을 모시고 미국 워싱턴에 있는 IBRD 본사에 출장을 가게 되었다. 워싱턴 IBRD 본사를 방문하여 현재 시행 중인 용역 추진상황 등을 설명하였고, IBRD측 소개로 미국의 메린랜드주와 캘리포니아주의 DOT(도로국)도 방문 하여 도로 유지보수 관리와 도로표지, 과적차량 단속 현장 등을 견학하기도 했다. 나는 처음 가는 미국 출장이었고 영어도 제대로 하지 못해서 회의 시 그저 자리에 앉아 있는 게 전부였고, 동행을 한 곽 계장이 모든 업무협의를 잘해 주곤 했다.

나는 미국 출장을 다녀온 후에도 계속 도로운영과에 근무를 하면서 가족과 함께 과천에 살았다. 가정이 안정되고 열심히 근무하는 데만 노력하자 마음도 안정이 되었다. 마음이 편해지니 술을 너무 좋아하게 되었다. 그리고 술에 비례하여 체중이 늘어나서 작은 체구에 약 75kg까지 불어났다.

몸이 무거워졌고 40대 말부터는 컨디션이 좋지 않았다.

하루는 새벽에 속이 견딜 수 없을 정도로 너무 쓰렸고 고통이 심했다. 견디다 못해 새벽에 강남성모병원에 입원을 했고, 의사의 진찰 결과 담석수술을 하게 되었다. 그런데 나의 경우 담낭 속에 있는 담석이 너무 커서 복부를 20㎝ 이상 절개해야 하는 큰 수술이었다.

수술 후 담당의사가 말했다.

"당뇨기가 있어서 회복하는 데 3주 이상 오래 걸리니 각별히 주의사항을 잘 지키면서 생활을 해야 합니다."

"알겠습니다."

대답은 했지만 마음은 무거웠다.

그런데 1990년 3월경 담석수술을 받고 아직 몸이 채 완전 회복되기도 전에 나는 교육원으로 발령을 받았다. 당시 승진을 하려면 교육원 근무 실적이 필요하기 때문에 인사 담당에게 부탁한 것이 바로 그 무렵 발령이 났던 것이다.

건설공무원 교육원은 당시 건설부 산하 직원들은 물론 전국 각 시도의 건설관련 공무원들의 기술교육을 실시하는 기관이었다. 그런데 일단 전출 명령을 받으니 새로 부임해야하는 교육원에서는 수술이 완쾌되지 않았던 나에게 빨리 부임하라고 독촉했다. 나는 약간 부실한 몸으로 교육원 장님에게 부임인사를 하고 교학과 과장 밑에서 학사업무를 총괄하는 임무를 담당하게 되었다.

학사담당은 기술직 공무원 교육생들의 입교, 교육, 평가, 수료 등을 준비하고 관리해야 하는 업무였다. 거의 매주 월요일 아침 9시에는 수강생 입교식이 있는데 그곳에 원장님을 안내하여 입교식 행사를 주선해야 했다. 입교식 때는 40~50명 되는 교육생 모두가 애국가 제창과 원장님 훈시 말씀을 듣고 입교식을 치렀고 이어 매주 목요일에는 시험을 보았는데, 그 시험 결과는 승진 인사기록부에도 올라가는 중요한 자료가 되었다. 그래서 교육생들은 열심히 공부를 하였고 성적들도 아주 좋았다. 시험문제는 미리 은행식으로 저장해 둔 시험문제 중에서 골고루 20문제를 골라 평가를 실시했다.

교육원 원장님은 내가 감사실에서 근무를 할 때는 담당관인 과장으로, 대전청 시절에는 청장으로 모셨던 분이었다. 그러니까 이번 교육원장까지 세 번째로 모시는 분으로 공무원 조직에서 마음을 쏟아 보필할 수 있는 특별한 관계의 상사였다.

원장님은 특히 테니스를 잘 치고 즐겼다. 그래서 학사담당인 나는 눈이 오면 테니스장을 쓸고 천막을 덮고 테니스장을 보수하는 일도 주로 맡아서 관리를 했다.

원장님은 실력과 능력을 갖춘 분으로 마음의 폭이 넓고 매사에 대인관계를 원만하게 잘 처리하는 사람이었다. 성격이 좋은 원장과 그렇게 인연이 되어 직장 생활에서 마음이 안정되었다.

특히 박 원장님은 1994년에 내 장남 호남이와 1998년에는 둘째 아들인 호용이의 결혼식 주례를 맡아 주셨던 고마운 분이었다.

나는 교육원에서 근무를 하면서도 '5급 사무관을 10년 이상 달았지만 아직도 승진을 못하고 있구나! 주변에는 나처럼 승진을 하지 못하고 있는 동료들이 많은데 걱정이다.'라는 생각을 하게 되었다. 그리고 좀 빠르게 승진을 할 수 있는 곳으로 가 볼까 하는 소망이 있었다.

나는 언젠가 선배의 충고대로 일단 건설부 본부로 입성하기로 했다. 그래서 1992년 2월 건설부 본부로 입성하기 제일 수월하다는 기술관리실로 전보를 신청하였고 그 신청대로 인사발령을 받았다.

건설부 기술관리실은 전국 건설공사의 설계·시공감리와

공정관리, 품질관리 등을 담당하고 필요시 감리제도를 개선하여 시행하는 부서였다.

그런데 내가 그 부서에 근무하는 동안 많은 사고들이 발생했다. 즉, 1992년 7월에는 서울청에서 벽산건설에 도급을 주어 한강 하류에 건설 중이던 행주대교가 공사 도중에 교각이 무너지는 일이 발생했다. 다행히 인명사고는 없었지만 도하 신문 등 언론의 뭇매를 맞았다. 기술관리실에서는 각 과에서 조사인원을 차출하여 사고 다음날 우선 서울청장, 국도과장 등으로 TF를 설치하고 본부에서는 설계심사과장과 전문교수 등과 함께 배를 빌려 직접 행주대교 건설 현장을 조사하였다.

그런데 조사결과 내가 담당했던 감리상 문제도 있어서 나는 해당 시공감리자를 불러서 붕괴원인을 철저하게 조사했고 앞으로의 대책을 마련하여 상급자에게 보고했다. 그리고 그 책임을 물어 감리자에게는 2개월 영업정지 제재를 내렸다. 동시에 감리제도의 개선 방안을 마련하는 등 건설공사 부실방지대책을 마련하기 위하여 법조문을 연구하며 낮과 밤을 보내며 대책을 마련하느라 고생했다.

한편으로는 동료 행정사무관들과 함께 법제처, 국회 건설위 등 찾아다니며 건설기술관리법을 개정하여 특히 감리제도를 강화하였고 개정된 법에 따라 감리전문회사를 육성하기로 했다. 그 결과 당장 100여 개 이상의 감리전문회사를 새로이 등록받는 등 새로운 감리제도를 시행해 나가기에 바쁜 업무를 계속했다. 그렇게 바쁜 일정 속에서 새로 만들어진 감리제도를 전국적으로 홍보를 하고 또한 교육을 실시하기로 하여 장관의 방침을 얻어 그 계획대로 추진계획을 전국 15개 각 시·도에 통보를 하고 나는 출장을 다니면서 교육을 실시했다. 어떤 날에는 인천건설교육원에 가서 몇 시간씩 교육을 했으며 또 어떤 날에는 강산건설 등 건설회사를 직접 찾아가서 교육을 하기도 했다.

건설부가 주관하여 부실방지를 위한 감리제도에 열정을 쏟고 다니며 교육을 하게 되자 감리제도에 대한 교육의 효과가 어느 정도 나타났고, 그 중에 중요한 효과 중 하나는 감독공무원과 건설담당자들의 인신이 이제는 부실공사를 해서는 안 된다는 경각심이 증대된 점이다.

행주대교가 공사 중에 붕괴되는 사고 이후 나는 그 후속 대책을 수립하기 위한 업무가 무척 바빴다. 기술관리실장, 감리담당관, 그리고 담당사무관이 주축으로 밤늦게까지 일을 하였는데, 사실 이 세 사람들의 나이는 모두 같았지만, 그 중 계급은 내가 제일 하급자였다. 조직사회에서는 계급이 우선이다. 그래서 내가 가장 많은 업무를 감당해야 했고 가장 어려운 업무를 맡아서 처리하거나 보좌하여야만 했다. 하루 종일 새벽까지 업무를 봐야 했으며, 매일 새벽에 별을 보며 출근을 하고 역시 늦은 밤에 별을 보며 퇴근을 하여야 하는 등 시간에 쫓기고 쫓기면서 모두가 나름대로 머리를 짜내어 '건설공사 부실방지대책'을 수립했다.

그러던 어느 날 새벽에 출근을 하는데 배가 뒤틀리듯이 너무나 아팠다. 욱신거리기도 하였고 칼끝으로 쿡쿡 찌르듯 하는가 하면 따끔따끔한 고통을 느꼈다. 등에서 식은땀이 나오고 몸 전체가 힘이 하나도 없는 것 같았다. 이러면 '업무를 어떻게 하지?'라는 생각이 났지만 병원에 가기가 걱정이 되었다.

그런데 정문에서 만난 건설관리실장이 창백한 나를 보더니 당장 병원으로 가도록 조치를 하여 병원에 달려갔다. 의사는 큰 병은 아니라고 해서 마음을 놓았고 급성 맹장염에 걸렸다고 하여 긴급 수술을 받았다.

이어 많은 직원들이 병문안을 다녀갔다.

그런데 면회를 온 직원들이 내가 듣는 앞에서 대화를 하고 있었다.

"너무 너무 업무가 폭증하여 힘들어."

"그래, 넌 힘들어. 피곤에 피곤이 더해지는 것 같아. 병 문안을 오니 좀 쉬게 되네."

"차라리 나도 맹장염이나 걸려 며칠 쉬었으면 좋겠어."

나는 얼마나 힘이 들면 저런 말을 할까 하는 생각을 했다. 그래서 그들이 병실을 나가자 나는 마음이 우울했다.

퇴원을 하자마자 나는 동료들에게 미안한 생각이 들어 더욱 업무에 매달렸다. 그렇게 어렵게 우리들은 '건설공사 부실방지대책'을 마련하고 윗사람의 결재를 얻어 장관의 결재까지 받았다. 장관님은 결재를 세밀하게 검토를 한 후, 1993년 2월 새로 당선된 김영삼 대통령께 보고를 했다. 그리고 대통령의 사인이 난 뒤 장관이랑 직원들은 기분이 좋았다. 나도 윗사람과 함께 일을 함께 한 동료들에게 일일이 전화를 하여 많은 노력과 고생을 했다는 격려의 말을 전했다. 그런데 장관의 말이라며 국장에게서 우리에게 전갈이 왔다.

"열심히 일을 해서 고생들 많았소. 고맙소."라는 이야기였다.

그 말을 들은 우리는 '일선에서 일을 하는 실무자가 고생을 한다는 것을 장관님이 알고 있으니 참으로 멋쟁이 장관이구나!'라는 생각이 들었다. 그래도 참 다행인 것은 내가 살고 있는 집이 과천청사 앞인 과천 4단지 410호 아파트에서 살았기에 출, 퇴근 시간이 짧아 폭증하는 업무를 감당할 수 있었다. 만약 우리 집이 청사에서 멀었다면 내 자신의 건강은 더욱 악화될 수 있었다는 생각이 들었고 맹장염으로 끝나는 것이 아주 다행이라 생각했다.

며칠 후에 그간의 많은 업무에 대한 노력과 '부실공사 방지대책'에 대한 타당성 있는 보고서 등의 공로를 인정받아 나에 대한 표창이 이루어질 것이라는 연락을 받았다. 나는 표창이라면 '건설부장관의 표창이겠지.'라고 생각했다. 그러나 1993년 6월 28일에 뜻밖의 연락을 받았다. 수상자는 2일 후인 6월 30일에 '김영삼 대통령께서 녹조근정훈장을 직접 수여할 것이니 청와대로 들어오라'는 것이었다. 그 소식을 들은 실장은 물론 동료 직원들은 나에게 '축하한다.'며 박수갈채를 보내면서 좋아서 밝게 웃었다.

6월 30일 아침 나는 청와대로 들어가서 대기하고 있다가 김영삼 대통령으로부터 대한민국의 직인이 찍힌 '녹조근정훈장'증을 직접 수여 받았고 이어 대통령이 그 훈장 메달을 직접 목에 걸어주었다. 대통령 앞에 서니 가슴이 벅찼고 일을 열심히 했다는 보람과 긍지를 느꼈다. 훈장의 수

여가 끝나자 점심 때 메인 홀에서 대통령으로부터 당시 유명한 칼국수 대접을 받는 행운을 얻기도 했다. 당시 신임 김영삼 대통령은 청와대로 사람들을 초빙을 하면 칼국수를 대접해 주었던 시절이었다. 메인 홀에 모두 100여 명의 많은 수상자와 청와대 직원들이 둘러앉아 칼국수가 막 나와 먹으려 하자, 김영삼 대통령은 인사말을 하면서 "이 국시는 콩가리를 넣어 부숴지지 않고 맛이 있어요."라며 자랑을 했다. 칼국수와 과일 등 디저트까지 대접받은 뒤 과천 청사로 다시 돌아온 나는 직원들로부터 또 축하를 받았고 벅찬 가슴으로 훈장을 들고 집에 왔다.

집에 들어서자 아내도 무척 기뻐했다.
"여보! 축하해요."
나는 "고마워요. 모두 당신 덕분이에요."
"별 말씀을요. 어떻든 축하해요."
"아버지, 축하해요."
애들도 이구동성으로 내가 훈장을 받은 사실을 축하를 해주었다.
가족은 모두 기뻐서 즐거운 외식시간을 가졌고 함께 맛있는 음식을 먹으며 함께 영광을 나누었다.

어느 정도 감리자 교육의 효과가 인정되고 있을 때, 나는 1993년에 옆 과인 설계담당관실로 근무 명을 받았다. 이미 그 자리에서 근무를 하던 사무관이 승진 가점이 더 유리한 옆 주무과로 전보되어 갔기 때문에 내가 그 자리로 옮겨 간 것이었다. 내가 부임한 설계담당관실은 200여 명의 건축, 토목, 기계 등 건설분야 대학교수 및 전문가로 구성된 '중앙건설기술심의위원회'를 운영하며 전국에서 시행되는 토목과 건축 등 주요 건설공사에 대한 설계심의와 또 턴키 공사발주 등 특수 입찰방법과 관련하여 심의업무를 하는 부서였다.

나는 이 부서에서 서기관으로 승진할 때까지 약 2년 동안 수백 건의 전국 주요건설공사 설계 심의를 주관하였고 또 턴키, 대안 등 수십 건의 대형공사 특수입찰 심의를 관장했다.

그런데 턴키 등 대형공사 심사가 이루어질 때는 200여 명을 넘게 수용할 수 있는 건설부 소회의실에 모여 심의위원들은 앞자리에 놓여 있는 책상과 의자에 앉아 있었고 뒤로는 많은 설계용역회사·시공사 임원들과 직원들이 참석하여 복잡하게 북적대며 업무를 수행하여야 했다. 이때 턴키입찰에 참여한 시공사에서는 사전에 로비를 위해 참여

턴키 심의위원의 명단 이름을 미리 알아내려고 무척 애를 썼다. 그리고 우리 담당자들는 이를 감추기 위하여 실장 이하 직원들은 그 심의위원 명단을 비밀로 하고 있었다. 그런데도 이상하게 건설업체들은 필사의 노력으로 귀신처럼 그 명단을 알아냈다. 나는 그런 현실이 싫었다. 양심적으로 심사를 받고 양심적으로 건설공사를 시행하는 '양심의 사회'가 이루어졌으면 하는 마음이었다. 모두가 떳떳하게 사업을 한다면 모두가 공평해질 것이라는 생각이었다. 만에 하나 부정이 개입되면 그것이 부실공사로 이어지고 그 부실공사는 귀중한 인간의 생명을 빼앗아가는 대형 교통사고로 이어질 것이 뻔하다는 생각에 마음이 무거웠다.

그렇게 부실공사 방지대책을 수립하고 추진하고 있었지만 이미 건설된 옛 구조물들은 어찌할 수가 없었고, 그 구조물들이 많은 사고를 발생케 하여 가슴 아픈 일이 생겼다.

1994년 10월 21일 아침에는 동아건설이 이미 건설하여 통행되던 성수대교가 붕괴되는 사고가 일어났다. 버스와 교량상판이 함께 한강 물속으로 가라 앉아 아침에 통학하려던 어린 무학여고 학생들 다수가 사망하게 된 비극적인 대형 사고였다. 나는 그렇게도 부실공사 대책을 마련하는 등 사고예방에 심혈을 기울이고 있는데도 이미 공사가 완공되어 이용 중인 구조물에서 사고가 났으니 마음은 착잡하고 어두웠다. 이어 성수대교 교량사고의 비극이 사라지기도 전에 미처 1년도 안되어 그 다음해인 1995년 6월에는 이번에는 서울의 삼풍백화점 붕괴 사고가 발생했고 그 사고로 인하여 또 많은 인원이 사망했다. 전국에서 크고 작은 건설 분야의 사고가 너무 자주 일어나서 김영삼 대통령이 곤경에 처해 있었다. 그리고 그중 한 분야를 담당하고 있었던 내 입장에서는 더욱 정신을 차려 업무에 임해야겠다는 마음을 다지게 되었다.

국가 기관은 사고가 터지면 그때서야 서둘러대는 경우가 많았다. 건설부에서도 동료 관계 공무원들이 모여 회의를 하며 서울시와 함께 범정부적으로 앞으로라도 부실공사방지를 위한 대책 마련에 더 많은 골치를 앓아야 했다. 건설부에서는 기술관리실이 주관이 되어 TF를 구성하였는데, 그 당시 건설부 제2차관보, 건설기술실장, 기술정책담당관 등이 주축이 되고 각 과에서 담당사무관 등이 실무를 보면서 몇 달 동안 '부실공사 방지대책'을 또 수립했다. 동시에 이번에는 앞으로 사고가 발생하면 발생 원인자에 대한 문책을 강화하는 등 기준세칙을 만들어 국회에 제출하였고 그에 따라 부실방지를 위한 새로운 법이 제정되었다. 그렇게 하여 제정된 법이 '시설안전관리법'이었다. 나는 오랜 기간 기술관리실에서 어렵게 근무를 하면서 노력을 한 공로를 인정받아 건설부장관의 표창을 받았다. 이제 승진에 필요한 표창장은 이미 너무 많이 받았으므로 더 이상 승진 가점을 위해서는 표창이 필요 없을 때였지만 어떻든 상장을 받으면 기분은 좋은 일이었다.

건설사고가 자주 일어나자 신임 김영삼 정부는 새 정부 뜻에 따라 사고가 잦은 부처 등을 통폐합시키고 기구를 조정 쇄신했다. 그에 따라 1994년 4월 건설부와 교통부를 합쳐서 건설교통부를 만들었다. 직원 숫자나 규모 면에서는 건설부가 교통부보다는 인원, 기구가 훨씬 컸지만 새로 합쳐진 건설교통부 장관으로는 전 교통부장관을 하던 오명 장관이 왔다. 그리고 그해 말 시설서기관을 14명이나 승진시켰다. 나는 교육원에도 근무를 하였고 표창을 비롯한 훈장까지 받았을 뿐만 아니라 그동안의 교육 평점도 잘 받았기 때문에 승진 순위가 대상자들 중에서 1위로 되어 있었다.

하지만 이때 실시된 시설서기관 승진 시기에 나는 그만 승진에 실패했다. 승진을 하려면 총무과에 가서 정보도 알아보고 필요한 곳에 선의적인 로비도 좀 해야 하는데 나는 오로지 '건설공사 부실방지대책'이란 업무에만 신경을 쓰고 있었기 때문이었다. 더구나 나는 '내 승진 순위가 1순위 이니까 당연히 승진될 것이야'라는 안이한 생각을 하고 있 었던 게 잘못이었다. 오직 업무에만 충실했고 열정과 성의 를 다하여 그야말로 모범적인 근무를 했는데 그런 자세만 가지고는 인사 담당자들이 제대로 알아주지 않았고 오히려 승진에 걸림돌이 되었던 것인가?

'열심히 그리고 성실하게 일을 하면 뭐해?'라는 생각에 나는 기분이 좋지 않았다. 업무를 위하여 열심히 노력을 해도 인사담당부서에서는 그 업적을 알아주지 않아 무척 원망스러웠다. 그래도 일단 나는 끝까지 성실성과 열성으 로 업무에는 임하기로 생각을 정리했지만 친하게 지내는 동료가 말했다.

"참 세상이란 뼈 빠지게 일만 하고 잠을 설쳐가며 업무에 매달려 많은 공을 세웠는데 승진이 안 되니 세상은 불공평 한 부분이 너무 많은 것 같구나!"라며 나를 위로해 주었지 만 나는 화가 치밀었다.

"그래도 나는 업무에만 최선을 다하면서 근무할 거야."

"넌, 참으로 속이 깊은 친구로구나!"

"……."

"하긴 인생을 살다 보면 꼭 정의가 이기는 것만이 아니라 힘센 쪽이 이기는 것이니까……."

"......."

그날 나는 친구와 말없이 술만 마셨다.

    승진에서 탈락한 그날, 나는 동료들과 술잔을 기울이면서 섭섭한 마음을 달래고 있었고 '다음 기회를 기다릴 수밖에……'라고 마음속으로만 생각을 하고 있었다.

    주변의 사람들은 구 교통부장관이던 오명이 새로 합쳐진 건설교통부 장관이 되어 구 건설부 직원은 손해 봤을 것이라는 말도 했다. 나도 승진이 안 되자 그런 생각을 하게 되었다. 내 경우는 총 승진평점에서 1순위를 했지만 하 순위에게 밀려 승진을 하지 못 한 좋은(?) 예가 되었다. 그래서 결국 불만의 표시로 나는 건설부 출신인 유상열 차관에게 사표를 낸다고 하니 유 차관은 "최 사무관 잠시 동안만 참으면 금방 승진이 될 거야"라며 달랬지만 나는 그 말을 뒤로 한 채 집으로 와 아내랑 며칠 동안 강원도 용평리조트로 휴가를 떠나 버렸다.

    하지만 그것도 잠시 당시 보령 청소에서 살고 계신 86세이신 어머님이 노환이 중하다고 연락이 왔다. 나는 과천에 살고 있던 장남인 호남이 내외 보고

    "얼른 가서 할머니를 과천으로 모셔 오라."고 했다.

그리고 나도 아내와 함께 곧바로 과천 집으로 다시 돌아와 어머니를 치료해 드리게 되었다.

그 과정에서 하루는 건설부의 윗사람이 찾아와서 나를 설득했다.

"아무리 세상이 줄이 필요하고 로비가 필요하며 속된 말로 빽이 있어야 한다지만 언젠가는 자네의 업무에 대한 열의와 그 성실성을 반드시 알아줄 걸세. 조금 섭섭하더라도 다시 업무에 복귀를 하게. 자네를 진심으로 사랑하는 마음으로 말을 하는 것일세."

"……."

그 상사는 나의 등을 두드리면서 손을 꼭 잡고 위로와 용기를 주었다. 나는 그분 말씀이 고마워서 마음을 추스린 후 다시 과천 청사 사무실로 나가게 되었다.

승진을 못한 채 사무관을 달고 우울한 마음으로 근무를 하던 중 8개월 정도 지났을 때 나에게도 승진의 기회가 찾아왔다. 드디어 1995년 8월 나는 사무관이 된 지 15년 11개월 만에 시설서기관으로 승진을 하게 된 것이다. 도로시설과 이병헌 과장도 이때 함께 승진을 하여 그 사람은 국장이 되었다.

승진이 확정되던 날 나는 아내에게 전화를 했다. 아내는 너무 기쁜 나머지 울먹거리면서 말했다.

"여보! 눈물이 나도록 기뻐요. 빨리 퇴근하여 오셔요."

"알았어요, 여보! 고마워요."

그날 나는 동료들이 축하주를 산다는 것도 뿌리치고 아내를 생각하면서 일찍 퇴근하여 집으로 갔다. 집에 도착하니 모든 가족들이 대문에 나와 박수를 치면서 축하를 해주었다.

아내는 말했다. "여보! 자랑스러워요. 당신은 대단해요. 존경해요."

애들도 "아버지! 축하합니다."라고 축하를 해주었다.

모두가 웃음 속에서 박수갈채가 집 안을 가득 채우고 있었다. 아름답고 행복한 시간이었다.

길 위의 꽃! 도로시설국장직에

　나는 시설서기관으로 승진을 한 뒤 1996년 7월 대전청 도로국으로 전출 명령을 받았다. 그러나 직책은 도로계획 과장 자리였다. 도로국의 국장도 같은 4급이 맡고 있었고 도로계획 과장도 같은 4급이었다. 나는 아직은 무보직서기 관 자리였다. 그래서 내가 수행하는 업무는 사실상 1982년 국도과 공사계장으로 부임을 받아 수행하였던 업무 내용과 같았다. 즉 충청남도 내의 국도 확·포장공사 설계 감독 업무를 주로 했던 것이다. 다만 1982년 때는 주로 비포장 2차선 도로를 포장공사를 하는 것이 주였지만 내가 13년 뒤 다시 부임을 했을 때는 2차선 포장도로를 4차선으로 확장하고 노선을 직선화하는 것이 약간 현대화된 점이었다.

　나는 비록 무보직서기관이었지만 직급은 4급 시설서기관이었으므로 4급 다른 국장들과 함께 아침에 청장실에 모여 티타임으로 회의를 개최하는 간부회의에는 참석하도록 하고 있었다.

그 시절 아내는 나와 떨어져서 과천에서 살고 있었다. 우리는 주말 부부였는데 아내를 대전으로 이사시켜 다시 새로운 신혼(?)살림의 생활을 시작했다. 아내가 오자 마치 나는 사막에서 오아시스를 만난 기분이었다. 그날은 기분이 좋아 아내를 위하여 입주 파티를 열어주었다. 아름다운 소나무들이 정원을 이루면서 폭포수가 흘렀고, 주변의 호수가 마치 거울처럼 맑은 낭만을 창조하는 식당이었다. 아내와 저녁 식사를 하면서 서로 주고받는 포도주의 맛은 입에 쩍쩍 달라붙는 것 같았다. 사랑하는 사람과 식사를 하고 술을 마시니 모든 것이 즐겁고 그 식사가 맛있을 수밖에 없었다. 나는 아내와 술잔을 부딪치면서 아내를 바라보며 「마음의 손을 꼭 잡고」라는 시 한 수를 읊었다.

출근 때 대문을 나서면

잘 다녀오셔요

다정함이 넘치고

퇴근 때는 대문 앞에 미리 나와

기다리고 있었어요

그리움의 꽃으로 맞이하는

당신은 언제나 변함없는
내 사랑의 고운 꽃잎입니다.
몸은 둘이면서
늘 하나인 당신과 나
가난 속에서 항상 고생만 하면서도
모든 역경을 이겨내고
가정에 웃음을 선물하는
당신은 나의 하늘이요 땅이오니

살아 있을 때도
죽어서 다시 태어난다 해도
우리 둘은 여보와 당신인 것이니
우리 영원한 인생길을 위하여
마음의 손을 꼭 잡고
함께 걸어갑시다.

　시 암송이 끝나자 박수를 치는 아내의 모습이 천사요, 선
녀요, 부처님 같다는 생각을 하자 나는 '참으로 행복하다'
는 생각을 했다. 아내와 술잔을 부딪치면서 '우리 가족을
위하여'라고 외쳤다. 우리 두 사람의 웃음이 식당 안 맑은

호수를 건너 바람처럼 두 사람의 주위를 맴돌고 있었다. 과천 5단지로 이사하여 살고 있던 집은 결혼하여 다른 데 살고 있던 큰 애에게 와서 살도록 했고, 아내와 나는 대전 용전동 신동아아파트에서 방을 얻어 세를 살게 되었다.

그 당시 도로계획과에서는 공주에서 대전 간 32호선 도로를 2차선에서 4차선으로 확장하는 공사를 하고 있었다. 그 전에는 2차선으로 꼬불꼬불한 길이었고, 사람들은 공주시 마암면 마티고개를 넘어 다니고 있었다. 그래서 도로를 확장 포장을 하면서 노선을 직선화하여 '마티터널'을 뚫고 있었다. 그런데 공사를 맡은 계룡건설은 터널공사의 공정을 잘 못 맞추고 년 말 준공해야 하는 시기가 다 되었는데도 공정을 많이 지체하여 마음을 졸이고 있었다.

감독관청으로서 골치가 아픈 일이었다. 청장은 아침 회의 때마다 공정에 대해 도로계획과에 추궁하였으며 담당 과장인 나를 현장으로 내보내고 바로 청장이 직접 현장에 나오기도 했다. 그렇게 되니 현장에서는 공정도 늦어져 안 그래도 골치가 아픈데다가 지시사항이 많아지니 공사감독과 현장 소장은 많은 골치를 앓았다. 청장은 나와 경부고속도로 건설 때부터 함께 근무를 하였고 잘 아는 상사여서

그가 독촉하고 안달하는 그 입장을 이해는 하였지만 공사
감독이나 건설회사 직원들은 청장에게서 많은 정신적 스
트레스를 많이 받고 있었다. 사실 박 청장은 원래 업무처
리 스타일이 적극적이고 부지런했다. 그러면서 토·일요일
에도 여러 현장을 순시하면서 업무지시를 하고 있었다. 그
런데 청장이 토요일이나 일요일까지 근무를 하면 그 아랫
사람들도 모두 주말을 반납하고 근무를 해야 했기에 많은
감독관들은 휴일에도 청장에게 공정 브리핑을 해야 하니까
은근한 불평을 하고 있었다.

"정말 힘들어. 공휴일에는 가정생활도 있는데 좀 쉬어야
하는 것 아냐?"라고 직원들은 말했다.

"그럼 쉬어야지."

"에이!"

어떤 직원은 "청장 자동차는 그 위험한 길을 다니면서 사
고도 나지 않네."

"그러게 말이야."라는 심한 대화를 나누기도 하여

"너무 그러지들 말게."라면서 나는 그들을 나무라기도
했다.

무보직 시설서기관으로 몇 개월을 지나다가 나는 1997
년 1월 정식 시설서기관으로 보직을 받아 대전청 건설관리

실장으로 발령을 받았다. 그리고 동시에 박 청장은 건설교통부를 퇴직하고 한국도로공사의 감사로 이직하여 갔다. 이어 새로 이은식 청장이 승진하여 임명되어 왔다.

내가 임명을 받은 건설관리실장의 직무는 대전청 관내인 충청남·북도 내 국도의 각종 건설공사에 대한 품질관리 업무를 총괄 관리하는 직책이었다. 그런데 이 업무 역시 내가 1995년부터 약 3년간 시험계장의 업무를 보았던 바로 그 업무였다.

새로 부임한 이 청장은 열심히 일을 하느라고 역대 전임 대전청장님들을 초빙하여 만찬을 갖는 행사도 추진했다. 그런데 1976년 당시 충남청장을 하셨던 전경우 청장님도 그날 참석을 하셨는데 그는 나를 보며 반갑게 말을 했다.

"아니, 최 기사는 아직까지 승진은 생각하지도 않고 도대체 뭐하는 거야?"

라고 안타까운 표정으로 말했다.

"전 청장님! 저도 지금은 승진을 하여 이곳에서 서기관으로 기술관리실장을 하고 있습니다."라고 말했다.

"그래? 와아! 축하해. 난 그것도 모르고 말이야. 그리고 보니 세월이 참 많이 흘렀네."

나는 10년 전 전경우 청장을 보필하면서 근무하던 시절을 회고 하면서 한참 동안 이런저런 이야기를 나누면서 전 청장이 정년퇴직을 한 이후 많이 늙어 보인다는 것을 느꼈다. '나 자신도 이제 정년퇴직을 하면 전 청장처럼 늙어가는 속도가 빠르겠지?' '그럴 것을 생각하고 대비하자' '정년퇴직 후에도 친구들을 자주 만나고 친목회 취미모임 생활을 통하여 항상 건강을 유지해야 하겠구나!'라는 생각을 했다.

　전 청장님이 웃으면서 말했다.

　"나 많이 늙었지?"

　"아닙니다. 청장님! 재직 때와 같아 보입니다."

　"그래?"

　그가 기분 좋게 웃었다. 나는 상대가 누구든 부정적인 말보다는 긍정적인 말을 해야 한다는 신념을 갖고 있었다.

　나는 늘 이순신 장군의 '이나' 정신을 생각했다. 만약 이순신 장군이 "12척'밖에' 없는 전선을 가지고 무슨 수군이란 말인가?"라는 조정 관료들의 말대로 부정적인 생각을 가졌다면 세계 전사(戰史)에서 가장 유명한 '명량대첩'은 불가능했을 것이다. '신의 전선은 12척이나 있으며 신이 죽지 않는 한 왜적은 우리를 얕잡아 볼 수 없을 것입니다.'라는 요지의 상소문을 올리자 조정도 허락을 하여 싸웠기 때문에 명량대첩이 이루어진 것이라는 생각이었다.

예의를 갖추어 전 청장과 헤어진 후 행사의 뒷정리를 한 후 하루의 근무를 마감했다. 모든 행사는 힘이 든다는 것을 다시 한 번 느꼈다.

시험실장을 하면서 나는 1997년 3월부터는 건설교통부 장관과 교육부장관의 승인을 받아서 대전 우송대학교 건설환경공학부 시간강사로 강의도 했다. 나는 바쁜 근무 중에도 시간 활용을 잘하여 나름대로 공부를 열심히 하며 학생들에게 강의를 했다. 직장에서는 점심시간을 이용하고 집에서는 늦은 밤까지 책을 읽고 그 자신이 전공한 분야를 더욱 연구하면서 실력을 쌓았다.
직장의 동료나 나를 알고 지내는 사람들은
'최 실장은 도로건설 등 건설공학 등에 전문가야! 실력이 대단해.'
'그러게요. 참으로 공부를 많이 한 분이에요.'
'야무지면서 매사에 긍정적이고 대인관계가 원만한 사람이에요.'
'그래요. 우리도 배울 점이 많아요.'라는 대화들을 하곤 했다.

주변에서 내가 건설 분야에 실력이 탁월하다는 것이 알려지자 우송대학에서도 초빙교수로 대접을 해주었다. 나는 강의를 하면서도 특히 학생들에게 부실공사방지 등 감리관련 강의를 하면서 아주 강조했다. 강의료는 품위를 유지할 정도인 월 60만 원으로 나름 많이 받았다. 하지만 내가 그해 9월 직장을 원주국토관리청 도로국장으로 자리를 옮기면서 강사직도 사임을 해야 했다.

사실 건설관리실장은 직책상으로 승진이었지만 단순 업무에 불과하여 근무를 하는 동안 나는 그다지 실장업무를 탐탁하게 생각하지 않고 있었다. 그래서 건설부 인사담당인 총무과에 찾아가서 전공한 분야에서 더욱 열심히 할 수 있도록 내 입장을 이야기했고 타 부서로 옮겨줄 것을 진지하게 건의를 했다. 그러다가 드디어 나는 1997년 9월 원주지방국토관리청 도로시설국장으로 명을 받아 옮기게 되었다. 8개월간의 대전청 건설관리실장 자리를 한양대학교 후배에게 인계를 하고 나는 원주국토관리청 도로시설국장이 된 것이다. '길 위의 꽃!'인 도로시설국장에 임명되면서 이제야 명실공히 '길 위의 남자' 자리에 오른 것이다.

끝까지 길 위의 남자로!

    원주국토관리청은 강원도 원주에 있었다. 주 업무는 첩첩산중으로 이어지는 강원도 내 국도의 비포장 도로 포장과 기존 포장도로를 2차선에서 4차선으로 확장 포장하는 공사를 하는 일이었다. 나는 부임을 하자마자 우선 사무관 과장 2명과 토목직 직원 30여 명을 독려하여 관내 공사현장을 총괄 지휘했다.

    그런데 그 당시 내가 원주청 도로국장으로 부임하기 전에 도로국 계획과장이 비리사건으로 구속되는 일이 발생했다. 사건이 커서 매스컴에서도 크게 보도된 내용이었다. 나는 부임하여 그 뒷수습을 하면서 나 자신도 5급인 사무관 시절에 비리의 유혹을 당한 생각을 떠올렸다.

    그날은 토요일이었다. 막 퇴근을 하려는데 도로건설을 맡은 D회사 K 전무가 정문에서 기다리고 있었다. K 전무는 대학교 시절 토목과를 같이 졸업한 친구였다. 사회생활을 하면서 동기들끼리 가끔 만나는 친목회원이기도 했다. 그가 갑자기 계속 3일 동안 전화로 만나자는 말을 했다. 나는 그가 부탁을 하려는 내용이 무엇인지를 대강 알고 있어서 그에게 법과 규정 원칙대로 처리하면 된다는 말로 달래며 그동안 만남을 피해온 터였다. 친구는 사적인 관계이고 업무는 공적 관계라는 나대로의 양심이 그를 거절하게 한 것이었다.

그는 친구 관계를 떠나 나에게 정중하게 입을 열었다.
"최 과장! 내 부탁을 거절해도 상관없어. 다만 말이라도 한 번 들어봐 줘."
"어떤 말을 하여도 법에 정해진 규칙이 아니면 안 되네."
라고 말하며 그대로 가려는데 그가 붙잡았다.
"최 과장! 내 말을 일단 들어보고 안 되는 일이라면 거절하시면 될 것 아닌가? 아무리 내가 업자가 되었다고 말조차 못하는가?"
그가 약간 서운하다는 투로 말을 했다.
'그래, 말이라도 들어나 보자. 나는 부정한 청탁이면 그를 잘 이해를 시키고 그때 거절하면 되지.' 마음속으로 그렇게 생각을 하면서 그가 안내하는 곳으로 갔다. 그 음식점은 한식을 하는 고급음식점인데 잘 꾸며진 정원을 지나

본채와 약간 떨어진 뒤편의 별채로 안내를 했다. 식당 경영자는 여자였는데 K 전무가 자리에 앉기가 바쁘게 노크 소리가 나더니 들어섰다. 그 여사장이 두 사람에게 상냥한 미소로 인사를 했다.

"전무님이야 자주 뵙지만 손님은 처음 뵙네요."

"대학 때 친구예요." K 전무가 나를 간단하게 소개했다.

미리 예약을 했는지 바로 식사상이 들어왔다.

식당 여사장이 첫 술잔을 따라주더니 식사와 술이 시작되자

"애 들여보낼게요."

곧 종업원 여자 두 사람이 들어와 K 전무와 나의 식사와 술시중을 들었다. 하지만 그 술시중은 주로 나에게 집중 되었다. 나는 눈치를 챘다. 그 종업원들은 미인계로 이용되는 여자들이었다. 여자 종업원이 술을 따르기 위해 고개를 숙이는 순간 목 아래로 젖가슴 두 개가 거의 젖꼭지가 보일 정도로 드러나 있었다. 더욱 놀라운 모습은 술 주전자를 옮길 때 포갠 무릎을 오른쪽으로 옮기는 순간 팬티가 보이는 극히 짧은 스커트를 입고 있었다. 그 여종업원은 이런저런 핑계를 대면서 내 몸을 슬쩍슬쩍 스치는 행동도 서슴지 않았다.

그때였다. 어느 정도 술기운이 접어들자 K 전무가 입을 열었다.

"단도직입적으로 얘기할게. 이번 공주~청양 간 도로공사에서 발생하는 보조기층 운반거리에 대한 설계변경 건을 잘 해결해 주시면 우리 회사가 책임지고 나중에 후사를 하겠네."

나는 만약 내가 운반거리를 약간 유연하게 적용하여 설계변경을 하면 그 회사에 큰 이익이 있는 걸 알지만, 만약 그렇게 해주고 나중에 감사원 등 감사를 받게 되거나 나중에 밝혀지면 문제가 될 수 있다는 걸 나는 잘 알고 있었다.

K 전무는 말을 하고는 내가 대답도 전에 "나 화장실 좀 다녀올게."라고 말을 남기고 일어나서 방을 나갔다. 마치 시간과 행동이 짜여진 각본처럼 옆에서 시중을 들던 여자 종업원이 내 곁으로 다가와 앉았다. 나는 이미 알고 있었다. K 전무가 여자 종업원에게 미리 요리를 해놔서 나를 육체의 늪으로 끌어들이라고 명령을 했다는 것을! 그리고 그 늪에 빠질 때까지 K 전무는 밖에서 기다릴 것이며 내가 그 늪에 빠지게 되면 그때 방 안으로 들어와 그 여종업원들과 함께 승리의 축하연을 가지게 된다는 것을! 나는 '아무리 많은 돈을 준다고 해도 규정이 안 되면 안 돼!'라고

마음속으로 생각을 했다. 여종업원의 새근거리는 숨소리가 내 귀를 자극했다. 그리고 여인이 내 몸에 가까이 와서 유혹을 하려는 순간 입을 열었다.

"나도 잠깐 화장실에 좀 다녀올게."

나는 밖을 나와 곧장 음식점 계산대로 가서 음식 값을 치렀다.

부정도 안 되지만 1원 한 장 업자의 신세를 지는 것도 위법이라는 것을 생각했다. 나는 내 자신의 양심이 생생하게 살아있다는 것이 행복했다. '봉급만으로 살아가는 청렴한 공무원으로서 명예롭게 퇴직을 해야지.'라는 생각을 했다.

뒤에서 K 전무의 "최 과장!"하고 다급히 하는 말이 들렸지만 나는 식당 문을 나섰고 나의 맑은 양심처럼 밤하늘의 별도 유난히 총총하고 밝게 빛을 발하고 있었다.

그런 일화를 생각하면서 나는 원주청 도로국장을 하다가 부산청장으로 승진을 해 간 청장과 내용을 공유하기도 하면서 원주청 전 계획과장이 저지른 비리에 대하여 원주지청 검찰 수사관의 보강조사 요청이 오면 가서 성실히 설명을 해주는 등 적극적으로 수사에 협조했다. 그 당시 원주청장은 아직 사건의 뒷마무리가 덜 된 상태여서 약간 겁을 많이 먹었는지 늘 불안한 표정이었다. 그는 마음이 안정이 안 되어 일부러 영동지방 등으로 출장을 많이 다니기도 했다. 나는 가끔 비리에 연루된 직원들이 검찰에 불려가고 조사를 받을 때마다 그 얼굴 표정들이 반죽음의 상태인 것을 자주 보았다. 그때마다 나는 양심으로 근무를 해온 자신이 자랑스러웠다. 비리사건이 거의 마무리 되었을 때인 그해 말 건설부 인사에서 당시 원주 청장은 다른 곳으로 가고 새로운 청장이 부임을 했다.

그 당시 원주청 도로국이 관할한 주요 공사들은 〈제천~영월, 사북~고한, 고한~태백〉 간 국도 38호선 확장 포장, 〈양양~속초~고성(간성)〉 간 국도 7호선 등 확장 포장, 〈홍천~인제〉 간 국도 44호선 확장 포장, 〈원주~홍천〉 간 국도 5호선 등 4차선 확장공사 등이 주요공사였다. 강원도의 주요 도로사업 목표는 강원도의 서쪽 영서지방과 동쪽 영동지방을 연결하기 쉽게 하는 것이었다. 특히 고한에서 태백으로 가는 '두문동재 터널'은 당초 2차선 터널로 공사를 하다가 태백시 등 관계기관의 요청에 따라 4차선으로 설계를 변경하게 되었는데 현지실정에 맞게 2차선씩 상하행선 높이를 분리시켜서 설계를 하였고 터널공사로는 꽤 어려운 공사 중의 한 곳이었다.

한편 도로시설국장으로 근무를 하던 중 하루는 고한~태백 간 공사 감리단장 변경 선정에 대한 결재가 올라왔다. 나는 인적사항을 검토해 보았다. 자세히 보니 내가 대학교 다닐 때 너무 많은 신세를 졌던 서성식 친구가 신청이 되어 있었다. 나는 속으로 어떻게 이 친구에게 우정을 보답할까 하고 생각하고 있던 차에 담당 직원이 올린 결재 서류를 검토를 한 바 그 직원은 자기 나름대로 결정을 하여 서성식이 부적격자인 것으로 결재를 올렸다. 담당직원은 후보자들 모두 함께 국장의 결재를 받아야 하는데 제 혼자 일방적으로 결정을 하고 결재를 올린 것이다. 자신과 친구 관계거나 아니거나를 떠나서 모든 것은 객관적이고 점수 환산과정이 투명해야 하는데 서성식의 경우 가장 중요한 내용 중 시공회사의 경력이 빠져 있었다. 직원에게 그 이유를 물었더니 경력을 빠트린 것이 자신의 실수라고 인정을 했다. 그래서 나는 시공사 재직경력도 재환산하여 올리라고 하여 보니 서성식이 선정 점수에서 가장 높은 점수를 기록하고 있었다. 직원은 결국 자기가 실수라고 말하였지만 일부러 서성식의 경력을 빠트려 선정에 불리하도록 계획적으로 부적격하게 만든 것이다. 그래서 투명하고 객관적이고 정확하게 환산을 하여 당연히 서성식을 감리단장으로 선출했다. 그 이후 서성식은 내가 원주청에서 공무원을 명예퇴직을 한 이후에도 거의 10여 년간을 감리단장으로 열심히 근무를 하게 되었고 나는 친구로서의 우정이 더욱 깊어지게 되었다.

강원도는 눈이 많이 오는 지역이었다. 나는 눈이 많이 내리면 홍천, 정선, 강릉국도사무소를 총 동원하여 제설작업을 독려하여야 했다. 특히 1998년 겨울에는 눈이 너무 많이 내려 나도 현장으로 가서 확인하게 되었다. 스노플로우(눈 치우는 기계)가 눈을 뿜어내며 지나게 되면 눈을 치운 도로는 눈으로 만들어지는 약 3m 정도 높이로 양쪽으로 눈벽이 생겼다. 그 길 안을 따라 가노라면 내가 이상한 설국에 온 것 같은 느낌을 받았다.

강원도 주민들은 스키를 잘 타는 사람들이 많았다. 그러다 보니 원주청 직원들조차도 겨울철 눈이 되면 스키를 타는 것이 보통 일이 되었다. 나도 스키를 아주 잘 타는 직원인 김광덕 기사의 지도를 받아 제법 스키를 탈 수 있게 되었다. 일과가 끝난 후에는 많은 직원들과 함께 스키장으로 가서 운동을 즐겼는데 그 상쾌함이 참 좋았다.

휴일에는 아내도 함께 가서 스키를 탔는데 눈 속에서 스키를 타면서 웃는 아내의 모습은 마치 하늘나라에서 온 여인처럼 아름다웠다. 아내는 초급코스 정도는 타게 되자 휴일에는 눈이 오기를 은근히 기다리면서 스키운동을 즐기곤 했다.

어느 겨울날에는 눈이 너무 내려 구 영동고속도로 대관령 고개에서 버스 등 자동차들이 며칠간 눈길에 막혀서 휴게소의 생필품이 두절되는 등 크고 작은 교통사고가 발생한 적도 있었다. 눈의 나라 강원도에서의 눈에 대한 추억이 나의 인생에서 아름다운 한 페이지를 장식하게 되었다. 많은 세월이 흘러도 추억은 아름답고 그리움의 대상이 된다는 것도 알게 되었다.

1998년 7월에는 전에 인사계장을 했던 김종철이 새로 원주청장으로 승진을 하여 부임했다. 지난 1월 부임한 전임권 청장은 지방청장의 업무에 매력을 못 느끼고 6개월간만 근무를 하고 다른 곳으로 전근을 가버린 것이다. 그에 비하여 새로 온 김종철 청장은 비록 행정직이었지만 기술업무에도 매우 협조적이었다. 내가 도로시설국장으로서 청장에게 기술적인 사항을 잘 설명해 주면 빨리 이해를 했고 또 원주국토관리청 관내 사업의 어려운 일도 성심성의껏 잘 처리했다. 내가 마음에 맞는 김 청장과 함께 한참 직무 수행에 정성을 쏟고 있을 때였다.

1998년 8월 20일에는 김 청장과 동해안 쪽으로 CPX 독려차 출장 갔다 올 때의 일이다. 그때 나는 아내랑 함께 원주 국제아파트에서 몸이 연로하신 89세의 홀어머니를 모시고 살았는데 어머니는 12일째 아무것도 드시지 못하고 오늘 내일 하며 몹시 위험하실 때였다. 나는 출장을 가면서도 불안했다. 업무를 마치고 원주 새말 근처에 왔을 때 아내에게서 '어머님이 위독하시다'는 이야기를 들었다. 곧장 달려서 집에 도착하니 어머님은 아무 말씀도 안 하시고 그만 운명을 달리하셨다. 아내랑 영숙이만 옆에서 어머니의 임종을 지켜보며 울고 있었다. 나는 아버지가 돌아가실 때도 임종을 못 해드렸는데 한평생 고생만 하시다가 가시는 어머님도 마지막 임종을 못해 드리는 불효자가 된 것이다.

1999년 5월경에는 건설교통부에 떠도는 소문이 김 청장은 물론 나에게도 들렸다. 그 소문은 중앙정부가 작은 정부를 지향하기 위하여 나이가 많은 공무원을 내 보낸다는 것이었다. 결국 김 청장과 나는 1999년 6월 김대중 정부의 작은 정부 정책 운영 방침에 따라 1942년생 이상 나이가 많은 공무원으로 분류가 되었다. 나를 비롯 건설교통부 전체 서기관급 이상 27명이나 많은 인원들이 명예퇴직을 하게 된다고 했다. 나는 아무 말 없이 사표를 내었다. 그리고 새로 부임한 남인희 청장과 권경수 관리국장이 나의 명예퇴임식을 주선하여 주었다.

1999년 6월 15일 명예퇴임식 날, 원주청에서는 아내 박초옥과 애들 부부 등 가족 모두를 참석시킨다고 했다. 나는 퇴임식장으로 들어가기 전에 아내와 3남매 부부들과 함께 중앙고속도로가 잘 보이는 산 언덕으로 올라갔다. 시원하게 뚫린 고속도로에는 많은 자동차들이 달리고 있었다. 보기만 해도 기분이 좋은 장면이었다. 나는 식구들 앞에서 자신도 모르게 「고속도로」라는 즉흥시 한 수를 읊었다.

보라!
저기 저 고속도로를 보라!

막힌 곳은 가슴이 시원하도록
터널로 뚫려 있다.

터널 앞 곡선의 고속도로에
자동차들이 그림처럼
달리고 있다.

저 멀리 강이 보인다.

그 강물 위의 다리를 달리는
자동차들은 모두가
인생의 희망을 향하여
달리고 있다.

다리 건너 직선의 고속도로에는
온갖 자동차들이 막힘없이
달리고 있다.

아!
고속도로가 열리는 곳에는
도시가 들어서고
사람들이 모이면서
문화와 문명이
꽃을 피우지 않는가!

길은 세상과 함께

영원할 것이니

아!

나는 길 위의 남자로

살아서도

죽은 후에도

내 넋까지도 고속도로를

달릴 것이다.

식구들이 웃음과 함께 박수갈채를 보냈다. 이어 나는 식
구들과 함께 식장으로 향했다. 그리고 정든 직장을 떠난다
는 애틋한 마음으로 퇴임사를 하기 위하여 의자에 앉았다.
그리고 옛날 근무 시절의 일들이 주마등처럼 머리를 스쳐
갔다. 맹장염에 걸려 긴급 수술을 받아 입원 중인데 동료
직원들이 찾아와 '나도 좀 쉬다가 일하게 급성 맹장염이나
걸려 병원에 입원을 했으면 좋겠다.'라던 고단하고 바쁜 일
정이었던 나날들, 밤을 새워 일을 하고 새벽에 퇴근을 했
던 기억들! 특히 잦은 건설현장 사고가 일어나 그 부실방

지대책을 마련하여 장관의 결재를 받아 새로 당선된 대통령에게 보고를 하고 그 공로로 1993년 6월 30일 김영삼 대통령의 초청으로 청와대로 가서 훈장을 받고 점심때 메인 홀에서 칼국수를 대접받았던 일들이 떠올랐다. 또 어떤 유혹에도 흔들리지 않고 오직 봉급 하나로만 살아온 나의 삶이 자랑스러웠다.

그 자랑스러운 경력을 원주청 직원 사회자가 소개를 했다.

"제가 최광규 국장님의 공적 부분을 그간 받으신 표창장을 소개함으로써 수많은 경력을 대신하겠습니다. 연도 별로 말씀드리겠습니다. 1970년 7월 7일 경부고속도로 건설공사를 어렵게 완공한 공로를 인정받아 건설부장관표창을 받으셨습니다. 이어서 1972년 11월 11일 중부국 근무 시 통일로 건설에서 우수 감독 결과를 인정받아 건설부장관표창을 받으셨습니다. 또 1976년 6월 18일 충남청 근무 시 을지훈련에 유공자로 인정을 받아 충남청장표창을 받으셨습니다. 1977년 4월 6일 충남청 국도과 근무 시에 충청남도와 충남청간의 대전~금산 간 도로 건설에서 포장공사 위탁사업 시행에 따른 우수 감독 결과의 공로를 인정받아 충남도지사표창을 받으셨습니다. 이어서 1977년 9월 30일 건설부 감사실 근무 시에 각 국도유지사무소 등에 대한 우수감사 결과를 인정받은 공로로 건설부장관표창을 받으셨습니다. 특히 1993년 6월 30일에는 건설기술관리실인 감리담당관실 근무 시에 〈부실공사 방지대책〉에 대한 계획을 수립한 공로를 인정받아 녹조근정훈장을 받으셨습니다. 그리고 1996년 5월 4일에는 건설기술관리실 설계심사 담당관실 근무 시절 건설공사 우수 설계심사 공로를 인정받아 건설교통부장관표창을 받으셨습니다. 오는 1999년 9월 30일에는 그동안 32년간 건설부 기술직 공무원으로 근무를 잘 하여 명예 퇴직한 공로를 인정받아 대통령 표창을 받으실 계획입니다."

사회자의 경력소개가 끝나자 온 참석자들의 박수갈채가 퇴임식장을 가득 채웠고 격려와 부러움과 칭찬의 마음으로 아름다운 멜로디처럼 들렸다.

뒤를 이어 나는 건설공무원으로서 마지막 퇴임사를 하기 위하여 연단에 섰다.

"저는 지난 32년간 경부고속도 건설을 시작으로 길을 만들고 다리 놓는 일에 젊음을 바친 기술직 공무원이었습니다. 처음부터 끝까지 '길 위의 남자'로 공직생활을 마친 것을 자랑스럽게 생각을 하면서 저는 떠나갑니다. 비록 몸은 떠나지만 마음은 죽을 때까지 '길 위의 남자'로서 고속도로를 사랑하면서 달릴 것입니다. 여러분! 그동안 고마웠습니다. 늘 건강하게 지내십시오."

지난 32년간 건설부 기술공무원으로 모범적으로 근무하여 명예 퇴직하여 떠나는 '길 위의 남자' 나, 최광규는 자신의 공직 생활에 마침내 마침표를 찍었다.

퇴임사를 마치고 청사를 나오는데 퇴임사 할 때도 입술을 꼭 깨물고 참았던 눈물이 왈칵 쏟아져 이별의 인사를 주고받는 사람들의 모습이 흐릿하게 보였다. 길 위의 남자는 그렇게 청사를 떠났다.

나는 가족들과 함께 집에 오면서 차 안에서 과거 '길 위의 남자'였던 시절들을 회고했다. 경부고속도로 건설 당시에 반대를 했던 일부 야당 의원들도 있었지만 사실 우리나라 국력이나 재정 형편으로 보아 무모하게 추진을 한 부분도 있었을지도 모른다는 생각이 들었다. 하지만 박정희 대통령의 확고한 의지에 따라 경부고속도로가 세계에서 가장 값싸고 튼튼하게 그리고 가장 빠르게 기간 내에 완공을 하게 되었다는 점은 자랑스러운 일이라는 생각을 했다.

나이 이제 60이 되어가는 1999년도를 지나며 30여 년 전 그 당시의 경부고속도로 건설에 대해 지금도 비경제적이니 예산낭비이니 하고 문제를 삼을 사람들이 몇이나 될까? 과연 그 이후 지금까지 전국에 거미줄처럼 뚫려 있는 고속도로가 없었다면 오늘날 발전해가는 산업문제를 어떻게 해결했을까? 우리가 군대를 막 제대한 20대부터 3~40대의 젊은 나이였기에 경부고속도로 건설은 전투를 방불케 하는 공사를 묵묵히 실천할 수 있었다고 생각을 했다. 귀중한 생명이 77명이나 희생을 당하면서 이루어진 전과요 전승이었다. 당시 선배들은 황무지나 다름없었던 우리나라 고속도로 건설 기술을 오로지 자체의 기술과 노력으로 이루어내려고 부족한 자료들을 모아 설계하고 공정관리 기법을 찾아서 실행을 하였던 것이다. 그렇게 이루어진 경부고속도로는 그 이후 후배들과 건설 회사들에게 더욱더 새로운 기술과 공법을 알려 주게 되었다.

그리고 이제 나이가 들어가며 '길 위의 남자'로 살아온 그 거친 인생에서 아내와 가족마저 없었다면 정말 재미없고 무미건조한 생활이었을 거라는 생각이 들었다. 직장에서 야근으로 밤을 새울 때가 많았고 지방 출장도 많은 나를 위해 아내는 항상 내조를 참 잘 해주었다. 아이들도 잘 키웠다. 내가 공무원으로 수입원이 뻔하고 돈 관리를 잘 못하는데 아내는 젊어서 집을 지어 팔며 고생고생하여 집 안의 재산도 요령 있게 관리하고 잘 늘려 놓았다. 나는 아내와 아이들 덕에 세상 그 누구 앞에서도 당당하게 살고 있었다. 늘 나의 아내, 자식들과 손자들, 손녀들이 가족이 내가 잘 살아가는 힘의 원천이라고 생각하고 이제부터라도 남은 인생을 가족과 함께 하는 시간을 더 많이 갖고 살아가야겠다고 다짐했다. 그 길이 내 인생의 진정한 행복이라는 것을 생각하며 차 안에서 조용히 눈을 감았다.

길 위의 남자

최광규 지음

발 행 처 · 도서출판 **청어**
발 행 인 · 이영철
영　　업 · 이동호
홍　　보 · 천성래
기　　획 · 남기환
교　　정 · 최은지
편　　집 · 방세화
디 자 인 · 이수빈 | 김영은
제작이사 · 공병한
인　　쇄 · 두리터

등　　록 · 1999년 5월 3일
(제321-3210002510019990000063호)

1판 1쇄 발행 · 2021년 5월 31일

주　　소 · 서울특별시 서초구 남부순환로 364길 8-15 동일빌딩 2층
대표전화 · 02-586-0477
팩시밀리 · 0303-0942-0478

홈페이지 · www.chungeobook.com
E-mail · ppi20@hanmail.net
I S B N · 979-11-5860-943-6(03810)